U0937952

文史专家

郭德纲 著

果麦文化 出品

目录

杨家将

我老说，说相声的就是手艺人。说书、说相声、剃头、洗脚、街边儿卖报纸、种菜，没有什么区别。人呐，怎么也是一辈子，你待着也得吃饭，不得干点儿什么吗？所以我们就是浪迹江湖，卖艺为生。

去年我们德云社欧美巡演，欧洲有三站：巴黎、巴塞罗那、米兰。出来跟朋友一聊天儿，我说上欧洲巡演去，朋友说留神啊，欧洲有几个地方比较乱，不多，就仨地儿：法国的巴黎，西班牙的巴塞罗那，意大利的米兰，这三个城市你只要躲开，就没事儿！我说我给你道喜了，主要就这仨城市！大伙儿都乐了。

巴黎，其实站在它街道上感觉还是挺好的，几百年的老建筑、街边的树、街上的人，感觉挺好。但确实，去之前就听人说，街上净是偷东西、抢东西的，如何如何。这一回来呢，我们有几个小徒弟上街遛弯去，对过儿来几个十几岁的小姑娘，拿一纸条递给你看，无非就是寻求帮助、慈善募捐、求五元坐车回家这类东西。你只要一接那条儿，她那手就奔你身上掏东西。这几个徒弟就碰见了。也挺尊重他们，连条儿都没递，连打马虎眼儿都没有，直接就上怀里伸手偷东西去。徒弟们一喊，偷东西这几个姑娘，脸上的表情很诧异：你怎么这么不配合呢？怎么这么不懂事儿呢？然后很失望地骂骂咧咧就走了。

巴黎很热闹，据说他们当地就是这样，小偷就算被抓到警察局去，他们那儿的法律也很“柔软”，关不了几个小时就放出来了，没辙没辙的。说是巴黎警察每年因为这个别扭得自杀好几十位，哪儿说理去？

后来又到了巴塞罗那。我那个助理学过武术，在海边那儿站着，过来俩男的，很友好地要跟他掰腕子，一掰腕子就要把表摘下来。一扑棱开，这俩人跑了。后来听说，得亏我这助理没打那俩劫匪，要是打了，警察得把你逮起来。咱也不知道那法律谁设计的。

他们说当地有个好玩儿的旧货市场，逛逛去吧！什么都有，不少都是拧开谁家的门，把东西搬出来搁在车上，就可以当街卖了！当地法律是这样的：你只要打开一所房子，在屋里待满四十八小时，这房子就是你的了！我说这太好了，咱们赶紧去市政府，霸占它去！

哎呀，十里不同风，隔河不下雨，咱也不知人家怎么设计的，挺好！弄得没事儿干，他们也不让我出去，坐在屋里看看电视吧。扫了一遍台，没一个听得懂的，西班牙语那太难懂了。

现在电影、电视剧啊其实也不好干，观众口味越来越高了，我呢也就听戏还行，这些年没少看。刚看了一出地方戏，《杨门女将》，挺好。尤其说到“百岁挂帅”，西夏来犯，杨宗保中箭身亡，佘老太君以百岁高龄，带着十二寡妇挂帅征西。最让人唏嘘的就是“灵堂请缨”，一家子寡妇，让人感慨，这老杨家实在是太忠烈了！

话说回来，都说老杨家十二寡妇，究竟有这么些寡妇吗？要说寡妇，我们先来看看她们的丈夫都是什么人。

佘老太君的丈夫，老令公杨继业，这个大伙儿都知道。但他本名叫杨业，戏曲上给人家添了一笔，改成了杨继业。关于他的事迹呢，我们先从他的“黑历史”说起。

杨业的老爹叫杨信，原先是一个土豪，趁着五代十国混乱的时候跟着起哄，混到了刺史，说起来，杨业也算是个官二代。到了公元979年，北汉打不过挂帅亲征的宋太宗，打不过，怎么办呢？那就认㞞呗，还能怎么办？这杨业一看：老大都投降了，我能怎么着？得了，杨业跟着北汉一起归顺了宋太宗。

宋太宗坐在龙椅上看着这帮降将，很高兴啊："来的都是人才啊，就上次给我吃瘪的那位，是谁啊？"大伙儿赶紧都往后退一步，生怕被拖出去宰了。这杨业呢，本来心里就犯嘀咕，想着怎么才能低调点儿，一出神，好了，他被留下了。

这留下来后，宋太宗一指：对，就是你。杨业心说：玩儿完！哪知道，宋太宗把他留下来之后非但没有杀了他，还把他任命为右领军卫大将军，让他在边关驻防，抵御辽国入侵。

他当时有个搭档，在相声里叫捧哏的，跟二人转里叫衣服架。杨业的衣服架叫潘仁美。

一说潘仁美，爱听评书的各位都跟有真事儿似的咬牙切齿，其实这也不对。怎么呢？人家本名不叫潘仁美，叫潘美。这个潘美也是一员勇将，他跟杨业俩人在边关是同事关系，两个人不仅没有仇，而且合作的时候还特别有默契，你左我右，你前我后，弄得辽国的契丹人提起这俩人直嘬牙花子。

宋太宗心说，这两个人都这么厉害了？高兴啊，大手一挥：我要收复燕云十六州！公元986年，宋朝出兵北伐。皇帝的豪情壮志是非常美好的，我有无敌悍将！但他没想到的是，无敌悍将也架不住有人扯后腿。

当时大军分作三路，其中有两路必须要提一下。一个是西路大军，由潘美挂帅，杨业为副主帅，另有一个叫王侁的监军；一个是东路大军，由大将曹彬挂帅。西路大军很嗨，有杨业、潘美在，从三月到四月，捷报连传，先后攻下了燕云后九州的四州。

可勇将就怕有人扯后腿。怎么说呢？先说东路大军，曹彬这边被辽国南院大王耶律休哥在涿州断了粮草，没吃的，只能后退。关键是这货跑就跑吧，跑得还倍儿快，四月初，已经从河北涿州退回到了河南。您瞅这速度，几天的工夫，就跟辽国后面放了条狗在撵着他一样。

他跑了，西路军就惨了，孤立无援啊。按说这也没关系，他跑了，咱也收到了撤退命令，大家伙儿一块回去这不得了吗？这时候，这个西路的监军王侁，用现在的话讲，“上头”了：开玩笑，连下四州，咱们有优势啊！打！

这时候，杨业和潘美拉着王侁就劝，可王侁舍不得：太露脸了，这机会难得，怎么能跑呢？这时候他出了一损招，怎么损呢？他知道杨业是个降将，之所以皇上不让他挂帅就是因为这个。他就拿话激杨业，原话说的什么呢？“领数万精兵而畏懦如此！”意思就是，你们北汉就是因为这个才亡国的！

杀人不用刀啊，杨业被他这一句话给逼上了绝路：要么你就是不想打，还想投靠辽人；要么，你就上啊！无奈，杨业率部出征，本意呢，是跟潘美商量好的，他前去诱敌，潘美在后边设伏接应。但是辽人收复了东路，士气正盛，杨业这一去，不仅重伤被擒，连带儿子杨延玉也死了。

本来辽人是想招降杨业，但杨业不肯，想想自己这一生已经无奈做过一次降将了，一降再降，还有何面目活在世上？于是绝食死了。因为这一仗打得实在惨烈，后来人们就拿这一段来改编了一出戏。

杨老令公为国捐躯，确有其事，那十二寡妇征西，是不是后面编出来的？杨家到底有几个寡妇呢？咱们数一数。

头一个，佘赛花，丈夫都死了，可不就是寡妇吗？可杨业什么时候死的呢？具体的岁数是推算不到了，但根据他一生的事迹来估计的话，杨业死的时候应该是六十岁上下。据

《关中金石记》以及《续资治通鉴》等联合考察，佘赛花原不姓“佘”，而是骨折的折，读如佘。佘家也是北宋时期著名的武将世家，世代抗击契丹和西夏，一家子名将辈出，赫赫战功甚至不在杨家之下。

这位老太君出身将门，打小就喜欢骑马射箭，而且文武双全。史书上是怎么写的呢？《晋乘搜略》记载，佘太君“善骑，婢仆技勇，过于所部，用兵克敌，如蕲王夫人之亲援桴鼓然”。就这么厉害！自己会打仗不算，家里的用人、丫鬟们，比当兵的还能打，用兵有如神助，比梁红玉还厉害。

她为什么被称作佘太君呢？根据宋朝的官职设定，功臣的妻子、母亲可以进行诰封，也就是诰命夫人。其中，刺史的母亲被封为县太君、妻子为县君，这就要说到佘太君的儿子了。

在剧里面杨继业有七个儿子，《宋史·杨业传》记载杨业也有七个儿子，但到了南宋的《东都事略》里，又只提到了杨延昭这一个儿子。反正不管怎么算，这个杨延昭，是真实存在的。

杨延昭本名不叫杨延昭，叫杨延朗。他爸爸死了之后，他给自己改了名字叫杨延昭，就是为父亲的死昭雪的意思。

这杨延昭也是个武将，从小就跟着杨业征战。小时候，杨延昭沉默寡言，却有一个爱好：玩行军游戏。杨业也曾说“此儿类我”。果不其然，在杨业死后，杨延昭就接过父亲的重任，驻守边关，抵御辽军。

因为从小跟着父亲征战沙场，杨延昭也是个用兵的好手。皇帝为什么放心把他放在边关上面？不光是因为他会打仗，最重要的是因为杨业的关系，杨延昭恨辽军入骨。但凡辽军上他这儿来，不管来多少人，逮住了就往死了揍，不会让辽军在自己这儿占到一点便宜。

辽国的萧太后为此甚至亲自督战。杨延昭为防辽军强行攻城，趁着寒冬腊月，往城墙上泼水成冰，打得辽军大败而归，逼得辽国和谈。经此一战，杨延昭如同杨业一样，威震边关。皇帝知道了也夸他，说他有“乃父之风”。

他怎么死的呢？是在公元1014年，五十七岁时病死的，而他的官职更在刺史之上，所以，佘太君的诰封是因为她丈夫和儿子的功勋。说到这儿，可能有朋友要问了，说佘太君那么厉害，文武双全，又会打仗，怎么自个儿没被封什么官啊？这个啊，跟宋朝的制度有关系。在宋朝以前，女人还相对有点地位，但是宋朝很不一样，女人的地位很卑下，但凡你是个女人，不管多厉害，社会上也不敬畏你。也是从宋朝开始，女人的地位开始往下走。

丈夫、儿子争气，佘赛花当上了太君。这里我要说明一下了，这个杨延昭，并不是杨家的长子。他是六子，但却是兄弟中最出色的那个。真正的杨大郎，是杨延玉。

历史上对这个杨大郎的笔墨并不多。按说，他也是个官三代，有的是本钱去招猫逗狗、遛街调戏良家妇女，可他没有：我爹是将军，我也要做将军。于是这个杨大郎从小跟随父亲打仗，每战皆勇，为父亲冲锋陷阵，也就是在和杨业一起诱敌的时候，在陈家谷口一战殉国。死的时候身中数箭，宁死不屈，辽国的萧太后知道以后，命人厚葬。

所以，跟随杨老令公一起战死的只有杨大郎杨延玉。次子杨延浦，老六杨延昭，其他四个是杨延训、杨延瑰、杨延贵、杨延彬，共六个人。除了杨延昭以外，其他五个人的事迹并没有明确的史料记载，都是一笔带过。写的什么呢？“蒙父荫，荫补为武官下阶殿直。”什么叫殿直？不是在金銮殿上值班，是一种官职。北宋时期武官有五十三阶，殿直是第四十九阶。说白了，就是因为父亲杨业的关系，给他们封了最末等的武官，没有职权，就是个虚衔。

当然啦，故事终归就是故事，杨业父子也的确死得惨烈，才能换取剩下几兄弟的一世太平，全都得以寿终正寝。

说到这儿咱们总结一下，杨家剩下的六个儿子都寿终正寝，那杨门女将这一说自然也就是一场戏说。那么穆桂英大破天门阵呢？自然也是戏说。不过呢，杨家的族谱中确实有这么一位女将，厉害！但不是杨宗保的媳妇，而是杨延昭的儿子杨文广的堂兄杨琪的媳妇，姓慕容。慕容世家在当时是鲜卑大族，也是世代簪缨，家传武艺。所以，“穆桂英”也应该是从这儿演化来的。

至于百岁挂帅和十二寡妇征西，就更是戏说了。您想啊，在宋朝，女人的诰封都要靠丈夫、儿子，还能允许女将挂帅吗？根本就不可能，更别说让一家子寡妇去打仗了。

那杨家将的故事，到底是怎么来的呢？

首先，这个事情发生在北宋初。到了北宋中期，杨家的事迹就家喻户晓了。欧阳修曾经写过一篇文章，说杨业父子“父子皆为名将，其智勇号称无敌”。

到了南宋，老百姓对于南宋政府屈辱求和的做派痛恨啊，就更加敬仰和怀念杨家将当年的勇猛忠烈。民间艺人呢，就以杨家将的忠烈事迹为基础，加以淬炼，然后加入更多的想象，创造出了杨家将的故事。虽说有戏说的成分，但是杨家一门为国为民、鞠躬尽瘁，值得敬仰。

古代富豪的枯燥生活

跟您聊点儿大家都感兴趣的话题——有钱人。

从古至今，有钱人的生活状态是什么样的，咱一般老百姓都想知道知道。千百年来，不管是哪个国家、哪个民族，都有这好奇心。也难怪，经常能接触到的你就不好奇了，越触不到越好奇，所以想了解有钱人并不是什么仇富心理，更不是什么“吃不着葡萄说葡萄酸”。

我听人说，有钱人的生活也跟平常人一样，吃饭睡觉、仨饱一倒，俩脑袋扛一肩膀——不对，人家是俩肩膀扛一脑袋。反正思来想去、想去思来，咱们什么样，人家也什么样，有钱人居家过日子也有自己的烦心事儿。今天的有钱人我就不说了，咱也不知道，咱也不敢说，咱也不敢问，还是聊聊古代有钱人都摊上过什么烦心事儿吧。

范蠡救子

《聊斋志异》里有一篇故事，叫《镜听》，讲的是一个老太太偏心眼儿的故事。这老太太有俩儿子，都是读书人。大儿子成绩好，考科举的成功率高，这当妈的就老向着他，连带对大儿媳妇也高看一眼。小儿子成绩一般，所以连小儿子带他媳妇儿，老太太都看不上。俩儿媳妇一块儿做饭，大儿媳妇能歇着，二儿媳妇累死老太太也不心疼。结果在二儿媳妇的督促之下，二儿子像他哥哥一样，也考中了功名，老太太没办法，得了，俩儿媳妇都歇着吧，自个儿下厨房做饭去。像这种爹妈偏心眼儿的故事，《聊斋志异》可写了不少。其实历史上这种事儿多，您比如有那么一个富商大贾，就因为老太太偏心眼儿，致使家破人亡。

形容人有钱往往有个说法，说这家有“陶朱猗顿之富”，其中“陶朱”“猗顿”分别指的就是两位富商。猗顿咱们有机会再讲，今天说的事儿跟那个陶朱有关系。“陶朱”的全称是陶朱公，春秋时期人。提他，您可能不了解，提他另外一个名字，没人不知道，他就是历史上赫赫有名的大战略家，范蠡。

范蠡，字少伯，楚国宛地三户人。这个宛地三户就是今天的河南省淅川县滔河乡。春秋末期他投奔越国，帮助越王勾践兴兵灭吴，之后急流勇退，弃政从商，定居在哪儿呢？宋国的陶丘，也就是今天山东的定陶，自号“陶朱公”。

范蠡的从商经历也不是一帆风顺，曾经三次散尽家财。但是人家本事大就大就在这儿，家财散尽，照样还能挣回来。《史记·货殖列传》记载，他的主要经营方式就是商贸，另外也可能从事过农业或者渔业，总之他发财的道儿很多。不光钱多，人家家里人口也不少，光儿子就仨。可是仨儿子都不省心。大儿子吃苦耐劳，懂得居家过日子，会省钱，但是自尊心太强；二儿子做事冲动，爱惹事儿；三儿子那就是个少爷羔子，除了花钱不懂心疼，没大能耐。

这一年，家里出事儿了。二儿子在楚国犯了法，犯的还是个死罪，眼瞅着小命儿就没了。可是天无绝人之路，事情有了转机。那个年头，家里出了事也得满世界打听去：有没有办法？范蠡满处托人去问，最后得了消息，说是花钱能把二儿子的命给保下来，但这钱有点儿多，根据《史记·越王勾践世家》记载，说得用“黄金千溢”。“溢”同“镒”，一镒等于二十两或者二十四两。咱们按最小的说，那也是黄金两万两。钱虽然多，救儿子要紧呐，何况家里又不是没有。于是就让自己的小儿子套上车，装好了钱给楚国那边送过去。就在这个时候，出岔头儿了。

咱说了，他们家老大自尊心太强，一听爸爸把这么大事儿托付给老三，心里老大不乐意，跟他爸爸打起来了：“家有长子，国有大臣，这么大事儿您不叫我去，叫三弟去，您是不是嫌我废物？您要是真这么想，您来句话，我现在就死去，不招您不待见。”说完了，要撞墙自杀。

这个时候，孩子他妈出来了，老太太偏向大儿子：“老头子，你这事儿办左了。老三去了，老二也不一定救得回来。现在老二没回来，再把大儿子窝囊死，咱们日子还过不过啊？”老伴儿也闹，儿子也闹，范蠡让缠得没办法：你们说了算吧！就让大儿子去了。结果怎么样？还真不错，大儿子拉着钱去了楚国，钱怎么拉过去的，又怎么拉回来了，原封没动，只不过回来的时候，多加了一样东西——他二兄弟的死尸。

怎么回事儿呢？范蠡最清楚，老三是一少爷秧子，花钱不知道心疼，钱送过去眼都不带眨的，只要钱一给出去，二儿子准回来。老大则不然，知道爸爸挣钱不容易，所以这钱肯定舍不得给。只要他一时想不开，这事儿准砸。果然，事情的发展跟范蠡预计的一样。

老大到了楚国以后，一开始钱是送出去了。楚国人够意思，也没打算真要这钱，商量着这钱不动，先把老二放了，回头再把钱还给老范家。可是老人不知道哪根筋搭错了，一看人家没动自己家的钱，又听说二弟要放出来了，脑子一热，把钱又要回来了。人家一瞧：什么玩意儿这是，拿我们当猴儿耍呢？钱不要了，死尸你带走！

有道是知子莫若父，深知经商之道的范蠡早就看透了事情的发展，可是你再有头脑，有些事情也无法控制。确实就像他老伴儿说的那样，大儿子要是自杀了怎么办？他也只能妥协。这或许也是有钱人家为什么能摆平商业上的事儿，却摆不平家里事儿的原因。

琴挑文君

养儿子不容易，养闺女是不是就省心了呢？也未必。我再跟您说一个有钱人家养闺女的事儿。

西汉，全国有一家巨富姓卓。老卓家是当时的钢铁大王，专门从事钢铁冶炼的行业。关于他们家冶铁还有一个小故事。

他们家祖先是战国时期的赵国人，原来就是从事金属冶炼的。秦始皇灭赵国以后，强行把他们家迁到了四川。当然了，迁走的也不光是他们一家，还有别人家。到了四川以后，别人家都贿赂当地官吏，要求把自己家安置在离中原故土近的地方。老卓家不一样，要求往远处走，为什么呢？老卓家认为离着近没意义，一家大小活下来才是王道，近处的地儿没什么出产，得找物产丰富的地方定居才行。最后他们家迁到了临邛，开山凿矿，重新干起了老本行，家族企业又兴旺了起来。

咱们要讲的，是老卓家在汉景帝、汉武帝时期的一件事。当时卓氏集团的董事长叫卓王孙，到了他这辈儿，卓家已经是当地首富，光手底下使唤的仆人就有八百多人，造反都够了。您想啊，陈胜吴广造反的时候也不过九百人，规模差不多。能养得起这么多人，人家的家底儿可想而知了。

卓王孙有个闺女，太有名了，叫卓文君。卓文君不是现在有名，当年就有名，小的时候名声就传出去了。长得好，才学也高，尤其弹琴最厉害，唱个太平歌词，打个快板儿，什么都会！不管怎么说吧，卓文君少年之时就已经是流量级的明星了。

模样好，才学也好，求亲的差点儿踢破门槛。那时候结婚也早，十六岁卓文君就出门了，可惜没过几年，丈夫死了。仗着西汉那会儿婚姻对女性还没那么不友好，女的不需要给丈夫守节，卓文君在丈夫死了以后就回了娘家。这一回娘家，好些人就又有机会了，其中出现了当时另一位流量级明星司马相如。

“文章西汉两司马，经济南阳一卧龙。”这是历史上有名的一副对联。“卧龙”，都知道是诸葛亮；“两司马”，指的则是司马迁和司马相如。司马相如当时的名望很高，《史记》中他单独有列传，说明在当时确实有影响力。

这样的名人，卓王孙早就想见见了，但是一直见不着，人家腕儿太大，县长家里想见见都得三番五次地请。功夫不负有心人吧，有一次卓王孙家里开派对，把司马相如给请来了。司马相如当时挺给面子，当众还弹了一首曲子，满堂的宾客是大饱耳福。但这耳福对于卓王孙来说可是后患无穷，司马相如弹一首曲子不要紧，他卓王孙愣是把自己的闺女给搭出去了。

咱说了，卓文君这会儿已经回娘家了，司马相如弹的曲子她也听见了。这一听，可了不得，把卓文君这个孀居之人给打动了，这就是历史上有名的“琴挑文君”。从此，卓文君就放不下司马相如了，后来经过一番运作，卓文君背着他爸爸，跟着司马相如跑了。

把卓王孙气的呀！一家女，百家求。你司马相如也是当世名人，看上我闺女跟我说啊，咱走正常程序啊，你偷偷把我闺女拐跑了算怎么回事儿？这算你品质低劣还是我家教不好啊？老头差点儿得脑血栓。最可气的还不是这个。过了些日子，卓文君带着司马相如又回来了。怎么呢？司马相如家里太穷，卓文君过不了穷日子，就主动拉着丈夫回来了。回来你倒是找爸爸说说啊，没有，跟司马相如在临邛开了一间酒吧。卓文君卖酒，司马相如在那儿刷盘子，这就是有名的“文君当垆”。

老头儿更疯了，这是寒碜我来了？你卖酒我不拦着，那是你活该，谁让你跟人家穷小子跑了呢？但是你远点儿卖去，丢人给我丢到家门口儿来了。还好是亲闺女，这要换了别人，老头儿可就要杀人了。就在这时候，来了个朋友，给说和来了。《史记·司马相如列传》详细记载了这个人怎么说的，原文我就不谈了，大概意思无非就是劝劝：“闺女已经是人家的了，你再棒打鸳鸯也不好看。何况两口子都是流量级明星，也不算不般配。您消消气儿，就当闺女出门子了，您给份嫁妆，把他们打发走就完了。”

说归说，闹归闹，毕竟是亲闺女，卓王孙到底还是心疼。再加上事情发展到这一步，面子上的确是过不去。有道是“听人劝，吃饱饭”，卓王孙最后还是拿出一份“嫁妆”

给了两口子。这份嫁妆有多少呢？“分予文君僮百人，钱百万，及其嫁时衣被财物”，反正打这儿起，小两口就过上了富人的生活。

咱们说男女自由恋爱，父母不应该管，但是你站在卓王孙的角度，就是搁今天，他的行为也是无可厚非的。婚姻大事，在咱中国意义特殊，所以父母、子女还是尽量沟通，别闹得不愉快。

麋家兄弟

咱们再讲一个兄弟之间的故事。其实这个故事很多人应该知道，这主人公呢，在《三国演义》里台词不多，但是出镜率还挺高，他就是东汉末年徐州地区的首富、后来昭烈皇帝刘备的大舅子、官拜安汉将军的麋竺麋子仲。

麋竺这个人是刘备早期的谋士，可是看过《三国演义》的您也知道，麋竺没给刘备出过什么像样的谋略。他对刘备最大的贡献，可能就是把妹妹许配给了刘备，就是历史上有名的麋夫人。要不是麋夫人的高义、烈性，刘备的儿子刘禅可能早就死在了长坂坡。

其实麋竺对刘备的贡献远不止此。老麋家在东汉末年可了不得，家里那钱说出来能吓死人。《三国志》记载，麋竺家里“祖世货殖，僮客万人，赀产钜亿”，这里面有没有夸张的成分咱闹不清楚，但是您也知道，写《三国志》的陈寿离刘备他们那个时代并不远，应该不至于瞎写，所以可信度极高。用现在的话来说，麋竺不光是刘备的大舅子，还是刘备的“金主爸爸”。

麋竺不光在钱上支持刘备，在政治态度上也完全站刘备这一边。刘备在徐州混得不好的时候，曹操曾经向麋竺伸过橄榄枝，但麋竺拒绝了。也就是说，他资助刘备并不是一种商人的投资，而是从心里认同刘备。

关于麋竺的故事并不多。《搜神记》里有一个关于他的神话故事，被《三国演义》采用了。说有一次呢，他在路上救了一个大美女。俩人同坐在一辆车里，麋竺一点儿闲杂的动作都没有，眼睛也是直视，生怕余光扫到美女身上。后来美女告诉他，自己是火神下凡，要给他们家降点儿火灾，看他是个好人，让他提前准备，说完就不见了。麋竺一到家，赶紧让人把值钱的东西都搬了出来，果然，着火了，把房子几乎就烧成白地。不过房子虽然没了，家底儿却保住了。

这只是个传说，算不得数。即便是真的，这也不是麋竺最糟心的事儿，他最糟心的还是他的弟弟，刘备的另一位大舅子麋芳。

麋芳也是刘备早期打天下的元老，很拿自己当回事儿。《三国演义》里，麋芳几乎就是个废物，在长坂坡还诋毁赵云。其实历史上，他在刘备手底下是有过战功的。刘备几次被人家打趴下，都是麋芳替他收集残兵、组织队伍，再回到刘备身边。

小说里关羽过五关斩六将、千里寻兄，历史上没记载，麋芳对刘备不离不弃却写得清清楚楚。京剧《古城会》里，关羽撇刀斩蔡阳，其实历史上击杀蔡阳是刘备干的，那时候跟在刘备身边的就是麋芳。

好死不死，刘备入川之后，麋芳就给安排在了关羽手底下。关羽这个人大家都知道，刚愎自用，性情傲慢，最看不起文人和麋芳这种在他眼里依靠裙带关系的人，俩人有矛盾。最终，麋芳忍受不了了，在公元219年投降了东吴，里应外合，杀了关羽。

麋芳反叛之后，麋竺都快崩溃了。一辈子的付出，一夜之间化为流水，只好向刘备请罪，好在刘备没难为他，还好言安抚。麋竺本人的心却已经碎了，没过多长时间便惭恨而死。后来麋芳呢？小说里说他被吴国送了回来，遭万剐凌迟。实际上，他在吴国虽老被挤对，但还是善终了。

老话说“大丈夫难免妻不贤、子不孝”，古代的这些富豪之家怕的也是这个。《红楼梦》里，探春曾经说过：这么大的家业，从外面杀是杀不完的，就怕内部出事儿。

最后说一句话，咱们大家共勉：家和万事兴。

公费瞧病

很多朋友好奇，古代人到底是怎么看病呢？我今天就跟您聊一聊这个话题。

一提古代人看病，不知道您各位怎么想，反正我脑子里就想起来上学的时候有篇课文，《扁鹊见蔡桓公》，说的是扁鹊给蔡桓公看病的故事。扁鹊大家都知道，春秋时期有名的神医。扁鹊，姓扁名鹊，就是鸟儿让车轧扁了——这不对！瞎猜的！扁鹊不姓扁，姓姬，秦氏，名字叫越人，所以叫他秦越人也行，叫姬越人也行，“扁鹊”是患者对他的尊称。

说完扁鹊，咱们再说另一位主角，蔡桓公。据考证，扁鹊见的这位蔡桓公不是蔡国人，而是齐国人，叫田午，是“田氏代齐”之后齐国的第三位君主。这主儿能当上齐国的领导人，纯是因为他有一特点：下手黑。他把前任领导人和挡在自己前面的继承人都宰了，才当上的国君。当然，他最为人所共知的毛病就是“讳疾忌医”，怕别人说自己有病。

扁鹊老早就看出他有病，一连劝了他三回。等到第四回扁鹊再见着田午，老远就看出不对了，招呼都没打，扭头就走。田午愣了，心说：“你有病啊？”这时候要按我的逻辑，扁鹊得回他一句：“你有药啊？”当然了，人家扁鹊不能这么没遛儿，就一直往回走，也没朝两边看。后来田午还派人问过他：“怎么见我们国君不带打招呼的？”扁鹊就给来人讲自己的道理，其中他专门提到了几种治病的手法，分别叫“汤熨”“针石”和“火齐”，也就是“热敷”“针灸”和“汤药”。换言之，早在春秋战国的时候，中国人就开始用这些方法来治病了。

我们今天一提到中国人过去治病的方法，就是这些针灸、汤药等手段。其实古代的治病手段千变万化，很多您以为咱们今天才有的方法，过去早就有了，而且过去经常有一些神奇的手法，能把人从阎王手里给拽回来，咱们今天挨个儿介绍一下。

中医外科

一般认为中医擅长内科，西医擅长外科。其实不是，两种医学都是内外兼修的，中医的外科手术也很强大。咱先说个小手术，说出来您可能认为这也不算个手术，就是下尿管，给一些不能自主排尿的病人，用导管把尿给排出来。说到这儿，您可能会说："这个我在历史教材上看过，说是历史上最早的导尿术是孙思邈用葱管儿给病人导尿。"您说的没错，药王爷孙思邈的确干过这个。

据《备急千金要方》记载，说是唐朝有个男的，憋着尿出不来，让药王爷孙思邈给看见了。孙思邈先给开了个方子，病人喝下去没管用，眼瞅着膀胱都快炸了。情急之下，药王爷看见小孩儿在那儿吹葱管儿。在农村，小孩儿没什么玩儿的，拿根葱管能玩儿半天。药王恍然大悟，也拔了根葱在那玩儿，也玩儿半天，最后病人卒——那就瞎胡闹了。他没像那孩子一样，而是用葱管做了导尿管，帮病人把尿排了出来。

然而您可能不知道的是，孙思邈不是第一个这么干的。早在晋朝，中国古代非常著名的方士，葛洪葛道爷写了一个《肘后方》，里面就记载了临床上怎么用导尿术给病人排尿，这比孙思邈还早三百年。除了导尿，还有一种手术更早就有了，跟导尿术离着不远，为什么说离不远呢？一说您就明白——刺痔疮。

您该说了："你这离不开这一亩三分地儿了！"您看，我刚跟您说了扁鹊的故事，咱们今天说的是病，哪儿有病咱说哪儿，我只是想告诉您，中医在很多您想不到的领域都早有建树。

在《黄帝内经》中就有割痔疮手术的记载，随后经过发展，治疗的方法不断地进步，很人性：先用一种草药熬成水，再用这种水煮一根线，把这线提溜起来，用这根线把痔疮套住，拴个活扣儿，一点点地让这个痔疮变成一块死肉，工夫大了，它自己就脱落了。您听着似乎挺费事，有省事的，西医过去治痔疮省事，直接拿大烙铁烧红了，往上一摁，哧啦——哪位琢磨琢磨那个画面。

除了这些小手术，《列子·汤问》里还记载过一个让您想象不到的超级大手术，主刀大夫就是神医扁鹊。患者的名字也记得清清楚楚，一个叫鲁公扈，一个叫赵齐婴。俩人这病啊，特别有意思，不是身体上的毛病，全是性格上有缺点。老鲁是"志强而气弱"，老赵是"志弱而气强"。换句话说就是一个有想法，但是什么都不敢干；一个是没脑子，一点火就着。最后扁鹊怎么给治的呢？给俩人换心脏。怎么换的咱就不说了，最后的结果是俩人全都被治愈，脾气也都改了。

诸位，这可能是有记载的世界上首例换心手术，但是今天您一听，这事儿得存疑。咱先不说他俩的心脏能不能配上型，就说一个问题，按咱们今天科学家研究出来的，人想事、做事都是大脑在支配，跟心脏没有关系。可是传统的中医认为心才是人的支配中枢，所以才有了这么一个故事诞生。您得问了，既然只是个故事，那么为什么我要说这个呢？因为跟接下来咱们要聊的有关系。接下来咱们要说的，就是古人是怎么治疗心理疾病的。

心理疾病

传统中医有个说法，叫“六不治”。就是有六种人，不能给他们治病。您一听又该问了，医者父母心，怎么还有不治这种说法呢？我举两个例子来说说。

头一个叫“骄恣不论于理，不治”，就是说这人老是自以为是，不讲理，或者仗着权势欺压人，这种人别搭理他，愿意死就死去吧，不能给治。还有一个叫“信巫不信医，不治”，就是你不相信大夫，信神信鬼，没法儿给你治。

为什么这两样不给治？人的性格、爱好跟治病有什么关系？这就是古人高明的地方。古人认为，病往往不是你身体出了问题，而是你的价值观念、思想上出了问题，所以有些人的病，不是大夫诚心给你治就能治得好的。

老话说“为人不做亏心事，半夜不怕鬼敲门”，你人活得阳光、凛凛一团正气，那就很少生病。相反，天天獐头鼠目，鬼头鬼脑，俩眼没事老带着邪光，那你不得病谁得病？所以说，古人历来讲究治人得治心。

古代还有一篇文章叫《七发》，里面讲的是楚国的一位太子有病，什么病呢？就是天天没精神，听力也下降，还老是心惊肉跳的，性格也变得喜怒无常。一听您就明白，这是精神疾病。这时候，从吴国来一个人，给他讲了一个方子，怎么不吃药不打针不做脑CT，就把病治了。说出来，他这个方子很有意思，就是听健康的音乐、合理调节饮食、合理化出行方式、跟朋友多参加户外娱乐，还有就是用心观赏大自然的风光。这样一来，这病不治就好了。

我们现在治疗心理疾病开的“药方”，就是这些东西。《七发》这篇文章是西汉写的，作者是汉朝著名的辞赋家枚乘。他写这篇文章本身有学术目的和政治目的，但是无意中，给我们呈现了一个治疗精神疾病的综合方案。他不是大夫，但他表达的是真正的医治人内心的理论。

急救措施

精神疾病大多是慢性病，很少有一下子就治好的，但是有些病，就不那么容你有工夫慢慢来了。医院里都有急诊科，一些急性发作的病或者意外伤害，你得马上就投入治疗。古人没有强心针、救心丸之类的东西，这个时候你怎么办？古代有这么一个例子，很让人震惊，叫“苏武自刺”。

都听说过《苏武牧羊》吧？京剧、秦腔、河北梆子，里边有这出戏，是根据真实历史事件改编的。《汉书·苏武传》讲述了整个事件的过程：苏武被汉朝派往匈奴做使节，结果莫名其妙卷入了匈奴内部的叛乱事件，匈奴人借机把他给扣下了，后来让他在北海牧羊。这里的北海，有一种说法就是现在俄罗斯境内的贝加尔湖。这一待，就是十九年。十九年间，他饱受折磨，但坚守民族气节，让匈奴人都不得不佩服。后来经过多方努力，苏武还是回汉朝了，并且被人视作民族英雄。这就是《苏武牧羊》的故事。

那么“苏武自刺”是怎么回事儿呢？刚卷入那场内乱的时候，苏武就知道这次出使失败了，愧对国家，拔刀自杀。人当时就死过去了，旁边的人看见了，赶紧找人来急救。

《汉书》上没有记载苏武扎在哪儿了，但肯定不是脖子或者心脏，要是这俩地儿，也甭救了，咱们估计就是肚子还是哪儿。急救人员来了，一瞧，赶紧采取措施，史书上是这么说的："凿地为坎，置煴火，覆武其上，蹈其背以出血。武气绝，半日复息。"什么意思呢？地上挖一坑，里面点上火，这火还不能有烟。在火上搭个架子，把苏武架在上头，轻轻地拍他的后背，把里面的瘀血给弄出去。折腾了半天，苏武抢救过来了。

针对苏武的这种急救不是个例，长沙马王堆出土的《五十二病方》里也记载了相同的手法。古人用火烤伤口，是为了避免伤口发炎；拍打伤者的后背，一个是刺激他的血液循环，另一个就是避免内出血在里面形成瘀血，也防止血液倒灌，影响呼吸。总之，看似难以理解的急救措施，暗含着清晰的科学原理，不佩服不行。

咱这儿得着重提一句，从对苏武急救的这个过程来看，古人治病并不是咱们现在以为的那样随心所欲，大夫根据自己的判断随便地就把病给看了，不是。它往往是有自己的一套操作流程，也就是说，古人看病往往也要像咱们今天看病一样，走固定流程的。

糖尿病

外科、精神科、急救科的咱都讲过了，接下来咱们说说内科。说内科，咱们拿哪种病举例子呢？这玩意儿我最了解了，因为说相声的好几位都有这种病——糖尿病。

糖尿病，古代叫作“消渴症”，因为糖尿病的一个症状就是患者老觉得口渴，一觉醒来，嘴里一点儿唾沫都没有，难受得不行不行的。那么古代人是怎么治这种病的呢？方法很多。中医根据你患病的不同程度、不同“款式”，给你先定个性，大概是分成三种：上消、中消和下消。所谓“上消”就是我刚才说的那种，肺热，嘴里没唾沫。“中消”就是你胃热，老爱吃东西，但是身体还消瘦。“下消”就是咱们常说的尿糖了。

每种情况，中医都有不同的方子给你治，但在这儿咱们就不细说了，咱们说个偏方儿。《本草纲目》中记载，宋朝有个人得了糖尿病，是靠吃梨缓解的，据说到现在还有人用这个方法。按理说，糖尿病不让吃糖分高的，可人家说了，吃梨还得是甜梨。你像鸭梨啊、雪花梨啊，这都行；什么铁梨、面梨这种酸的还不行。当然了，人跟人体质不一样，我说的这个绝不是万能的，各位有糖尿病的别听完我说这个，出去就买一车梨坐那儿吃，这个两回事。您有病该找大夫找大夫，咱介绍的是古代的情况、现象。

公费医疗

说到看大夫，我又想起一个问题来，就是医疗制度。其实在中国古代，很早就有公费医疗了。

《红楼梦》里就有一个场景，宁国府的大少奶奶秦可卿得病了，贾家就找来几个太医，给她治病。贾母得病，也是请的太医，而且里面还明文写了，来的大夫穿的是六品官服。

根据书里面的描写，太医来了给看病，不但得仔仔细细，还得自己带药，临走的时候连个诊费都不收。这一点，至少能反映明清时期，一些个高级官员是可以享受国家给予的公费医疗的。

咱们再举个例子。早在南北朝时期，国家就专门设置了机构，负责公费医疗，比如当时朝廷设立了尚药局。到元代，又设立了御药局。御药局是负责宫廷里面的医疗卫生工作的。尚药局负责的就多了，什么王公大臣啊、边疆在京都的主要官员啊，甚至负责皇上家保卫工作的那些大内的保安，有病有灾儿了，都得归它管。当然了，咱们说得清楚，您也听得明白，这种公费医疗老百姓是享受不上的，都得是有品级、有地位的人，和我们今天的公费医疗还是有所不同的。

聊了这么多，也许各位对中国古代的医疗情况有了全新的认识。直到现在，学术上也好，民间也好，对于中西医还是有很多的争论，在这儿咱们不涉及这些。您要明白的是，中医绝不是随便来个人，开方子抓药就成的，古代的医学体系是一套庞大、复杂的知识架构，很多我们以为今天才有的东西，其实古代就已经有了，而且古人的很多手法我们今天还在用，甚至有着不可替代的作用。

千古一桩风流案

有一句俗话说得好，“人在江湖，身不由己”，道出了多少人的无奈和辛酸。就拿我们来说吧，演员这个行业，尤其如此。在商业化的今天，演员是身在名利场，人在是非坑。演员要是不出名，人家说你不成功；可演员一旦要是出了名，就得有多少眼睛时时刻刻地盯着你，让你无时无刻不如履薄冰。有时候聊天，我也说这话：我们这就是个服务行业，既没有资格挑选客户，又没有资格说这说那，你好好工作就是了。

我记得咱们当初有个小品《打扑克》，里面有个话题，就是著名演员怕小报记者。确实如此，人言可畏嘛。话又说回来了，你别说一个演员了，就是皇家子女、高僧大德，没准几句闲话、一场什么事儿，就能弄得你臭名远扬。

不知道您听没听过我的一个长篇单口相声，《冯天奇闹通州》，其中的主人公冯天奇，我给他设计的前世是唐朝的辩机和尚。辩机和尚跟高阳公主出了个风流案件，后来由于在铡刀口上救下了一只蚂蚁，所以有了冯天奇闹通州的故事。咱们今天就说一说，高阳公主私通辩机和尚的这段风流案。

这个案子，网上流传得很广，但是大多只说了一个梗概。说是高阳公主本来嫁给了大唐首相房玄龄的二儿子房遗爱，结果不守妇道，私通辩机和尚，俩人还生了孩子了，房遗爱居然对这事儿睁一眼闭一眼。为了补偿自己的丈夫，公主还主动给房遗爱送了两个小妾，两口子从此达成谅解。但是后来没瞒住皇上，皇上一怒之下杀了辩机。公主因为太爱辩机了，甚至还恨上了自己老爸。这一件案子，把唐朝初期君、臣、佛具有代表性的人物都囊括在内了，堪称史上第一八卦。那么，这件案子的始末缘由，历史记载的真正样子是什么样的呢？咱们一点一点说。

先把案子涉及的当事方都列举一下。首先介绍本案的“小三儿”，辩机和尚。辩机是这个案子里唯一一个把脑袋混丢了的，所以咱们先说说他。

都知道辩机是玄奘的徒弟，但很少有人知道他的出身。

为什么呢？因为史书没记载，我们只能从明朝人凌迪知写的《古今万姓统谱》里知道，他是今天的浙江金华人，十五岁出家，先拜的师父是当时的高僧大德道岳法师，后来去给玄奘当助手。他最著名的作品，是协助玄奘编撰的《大唐西域记》，佛法才干也堪称一代名僧。

第二个介绍高阳公主。高阳公主是贞观天子李世民的闺女，生母没记下来，但是可以猜测其在后宫的地位不低。皇上也特别宠爱自己这个女儿，难免有点娇生惯养。《旧唐书》《新唐书》《资治通鉴》三本书都记载了，她曾诬告自己的大伯哥房遗直，目的就是谋夺房家的爵位和遗产。可以肯定，这位公主是个被惯坏了的宝宝。

接着，再说那位脑门掉绿色的房遗爱房二爷。要说呢，还是老话说得对：鱼找鱼，虾找虾，癞蛤蟆专找花青蛙。房二爷在性格上跟高阳公主真是一对儿。《新唐书》记载，房遗爱不爱学习、能打架，就是个愣头青，后来还直接参与了谋反。《旧唐书》和《新唐书》都记录了他和另一位驸马——唐朝名将薛万彻计划谋反的事儿。可气的是，谋划的时候人家一勾搭他，他立马表态要造反；事情败露以后呢，他又立马转当污点证人，把人家给证死了。看到这儿，我也实在没什么好词儿形容这位爷。

三位正主介绍完，咱们复盘一下当年那个案子。这件事儿，咱先不说它是真是假，反正历史上确有记载，不过跟网上说的有点儿出入。

按照《新唐书》上写的，这个辩机和尚啊，有一阵儿不在庙里住，在高阳公主的封地搭了几间房，住下来了。过了些日子呢，公主和驸马两口子出来打猎，打猎也是在自己的地盘打——倒不是嫌道儿远，我估计是怕打完了猎物还得给人家分。打猎的时候就发现这儿住着个和尚，公主一看，就喜欢上了。怎么呢？据说辩机和尚长得十分英俊，美男子。公主打老远一看，这是谁家丢了个小鲜肉在这儿啊？你看这个发型多时尚啊，得着吧，于是“具帐其庐”，公主把自个儿的卧室设在和尚的卧室里了。她这么一弄，人家本主儿不乐意了。房遗爱眼看着自己头上长草，肯定不乐意啊。公主有主意，选了俩美女给了自己丈夫。房遗爱一看，得了，买卖不成仁义在，交个朋友吧，仨人儿就这么过着。

可后来，怎么让人给知道了呢？说是自打辩机跟公主达成战略合作关系之后，身价是噌噌地长，公主在他身上花的钱那是没数了，私下里还给了辩机不少宫里面的宝物。结果有一天，衙门这儿开始严打，对京城治安情况进行集中治理，抓住一个贼，这贼偷了一个枕头。您或许问了，这个贼也没见过世面，偷一枕头干吗？好家伙，这个枕头历史上有个名字，叫“金宝神枕”，反正就是挺值钱的。官府就问这贼，哪儿偷来的？贼人招供说是从辩机那儿偷来的。官府也不是傻子，心说一个和尚能有这个吗？这有事儿，传来问问吧。辩机一看事情瞒不下去，案子就破了。

好家伙，皇上气坏了，下令腰斩辩机。辩机死了以后，皇上和公主父女俩的关系也降到了冰点，一直到唐太宗死的时候，高阳公主别说流一滴眼泪，连难过的表情都没摆。当然，这事儿还没完，辩机是死了，公主没闲着，又找了几个男朋友，见于记载的就有智勖和尚、惠弘和尚，还有一个老道叫李晃。咱也不知道公主是怎么想的，跟出家人摽上了。

故事咱们说完了，和网上传的基本差不多，但是有两处最大的不同：一个是没有说过公主和辩机生过孩子，第二个就是没看出来公主和辩机这是爱情。辩机被捕后，没替公主瞒着；公主在辩机死以后也没替辩机守着，跟别的出家人好上了。历史上就说，这仨人都是下三烂。还有人说“脏唐乱宋”，提的主要证据就是这件事。

您还别说，《新唐书》是正史，见于正史的记载，一般来说是可信的，但这件事，绝对不能因为它见于正史就笃定它是真的。咱们一点一点分析啊，先说历史文献中的几个疑点。

首先，这件事在《新唐书》《资治通鉴》有记载，可是在《旧唐书》《太平御览》里丝毫没提到。这就是个问题。

第二，两本书本身就前后矛盾。它俩都说最后皇上和公主关系闹翻了，但是两书也说了一件事，就是房玄龄病重期间给太宗皇帝上奏本，都是通过的高阳公主。至少那个时候，父女、翁媳之间的关系没有一丁点不正常。要知道，房玄龄死于648年八月，辩机死于649年，唐太宗也是649年七月驾崩的，这三件事挨得太近了。它们在描述中也没说清楚时间地点、先后顺序，但把这些信息一汇总，就不难发现，如果这件事是真的，公主和辩机一定是在648年八月以后认识的；辩机是太宗下令处斩的，所以他必须死在太宗之前；算来算去，俩人认识没有几个月，几个月的工夫，公主就给他花了上亿的钱，钱都去哪儿了？总不能都存微信里面了吧？

第三，就是在房玄龄墓前有一块碑，叫《大唐故左仆射上柱国太尉梁文昭公碑》，碑文是当时的大臣褚遂良写的，里头还提到了公主帮公公给爸爸上奏折的事情。试想，唐太宗活着的时候，有这么一件大案被告发了，父女俩也失和了，褚遂良会吃饱了撑的，把这段也写上吗？那是成心添恶心啊。

逻辑上也不大对劲，有一些不合常理的地方。

首先就是根据唐朝对僧侣的管理办法，僧人不能随便溜达，他不是说相声的啊！想当初玄奘西行求法，向有关部门申请护照都没批下来，最后是偷渡出去的。因为这个，半道上好几回差点儿就死了，回国的时候也是因为这个差点就不敢回来。说明那时候对僧人管理很严。和尚出庙，什么时候走的、什么时候回来，都得登记，日子超了，你就倒霉了。尤其辩机还是当时的高僧，按说不可能离开庙，上人家的封地里面私搭乱建去。

其次就是这里头有几个人的反应不对头。第一就是房遗爱的反应不对头。开头咱就说了，这位爷就是个愣种，他跟别的驸马不一样，别的驸马都得当舔狗，他不用，他爸爸是房玄龄啊。史书记载，皇上对待他，跟对待别的姑爷也不一样，所以基本上不可能忍这种事情。您想想，一个连造反都敢的主儿，能忍得了辩机这个和尚吗？

第二个反应不对头的，是辩机的一些同行，其中有一位叫道宣老祖。为什么称他为“老祖”呢？因为他是佛教南山律宗的开山之祖，一辈子研究佛家的清规戒律。这位老祖级的高僧，每次想起辩机来都恨不得流眼泪儿。您就想，辩机要是真做过那种事儿，这位能这么挂念吗？不骂街，那纯粹是因为戒律不让。

第三个反应不对头的——咱这么说吧，我个人认为，天底下谁都能容得下这件事发生，就这一位，绝不可能一点儿反应都没有——谁啊？不是外人，就是房玄龄的老伴儿、房遗爱的亲妈、高阳公主的婆母娘，卢氏。

这位卢老太太，那在江湖上可是有一号的，在自己家老爷面前说一不二。别人家能纳妾，房玄龄呢，想都别想！有一天，皇上也是吃顶着了，非要挑事儿，要赐给房玄龄两个侍妾，没想到全让卢氏给打出去了。皇上一怒之下，给了卢氏一壶“毒酒”，还说了“要么让房玄龄纳妾，要么你就把这酒喝了”之类的馊话。结果卢氏连奔儿都没打，扬脖就喝了。喝完才知道壶里放的是醋，“吃醋、吃醋”，就是打这儿来的。您想，这老太太这种脾气，听说儿媳妇搞外遇，那不得跺着脚上外边骂街去？

虽说传闻未见得是真的，但卢氏是有向皇帝上奏折的权利的。儿子和媳妇那通折腾，她当长辈的不可能没有察觉。咱们说了，公主和辩机最多也就认识了几个月，但是几个月说长不长，说短也不短。其实不光是老太太，公主的大姑姐韩王妃、大伯子房遗直、小叔子房遗则，都能直接向皇帝告发，不可能瞒得了这么长时间。

最后咱们再说一个逻辑可能不太对的地方：公主和辩机之间是有年龄差距的，辩机最少比公主大十岁。在古代，这种年龄差距不是一个简简单单的“一见钟情”就能打发的。

所以，怎么想怎么觉得这件事儿悬。

那么，假设这是一则悬案，为什么《新唐书》和《资治通鉴》写得那么红口白牙的呢？为什么能流传千年之久呢？道理很简单：一个是遇到黑粉了，另一个是遇到吃瓜群众了。

黑粉是说《新唐书》的作者欧阳修，和《资治通鉴》的作者司马光。这俩人，学术上的操守没什么问题，但是个人好恶代入感太强。这俩人，对前朝的人和事都是敢于直接批评的，而且对佛教还都很不感冒，所以他俩是怎么调查出来这事儿的，还真没准儿。另外，老百姓爱听这个，尤其对帝王家的生活，感兴趣，有一个能传俩，也就导致这种花边新闻传得特快，传得特广。

以上就是我对这件千年公案的看法，姑妄言之，姑妄听之，毕竟事情过去这么久了，真真假假，谁又能说得清楚呢？

摸金校尉

三国时期出了一批赫赫有名的军事家、政治家。像曹操、孙权、董卓这些乱世枭雄的故事，大家经常听得津津有味，什么曹操官渡之战呀，孙权麾下吕蒙白衣渡江呀，说白了，乱世出英雄！

很多人都不知道的是，别看他们表面上很风光，文能吟诗，武会打仗，可他们有些事儿呢，干得也不露脸，比如挖人祖坟、盗取财宝，这种缺德事儿他们也干，而且手法“高超”，一个个都是盗墓的高手。今天咱们就聊一聊时下很流行的话题——盗墓。

要说曹操曹孟德是个奸雄、乱世能臣，恐怕没人会反驳，但说他是盗墓贼，就有点蹊跷了。不过既然有人怀疑，也必然有其原因，因为确实有史可考。《三国志·魏书》里就讲了一个叫陈琳的人，在袁绍手下做事。当时袁绍和曹操剑拔弩张，要一争天下，陈琳为了帮袁绍制造舆论，写了篇檄文《为袁绍檄豫州》，把曹操盗墓的事儿狠狠地骂了一顿，说他为了充实军饷，居然偷盗西汉梁孝王刘武的墓，其中说道："而操率将校吏士亲临发掘，破棺裸尸，略取金宝……又署发丘中郎将、摸金校尉，所过堕突，无骸不露。"据说这回挖汉室陵墓，曹操从中得到的珍宝有十万余斤，装了整整七十二艘船，养活麾下全部将士三年之久。

说到这儿，好多书迷就来劲儿了。曹操偷挖财宝、掘人墓地的事暂且不说，光听这"发丘中郎将""摸金校尉"的名儿，就大有来头，再加上"搬山道人"和"卸岭力士"，可不就正好凑齐盗墓小说里常说的四大盗墓门派嘛！很多盗墓题材的影视剧和小说故事，都把这些门派说得绘声绘色，它们的传人往往披着神秘的色彩，有神奇的盗墓技法。甚至有人说，设立这两个盗墓官职的曹操，已经不仅仅是简单的盗墓贼了，更是盗墓贼的祖师爷。

这个说法虽然有待商榷，可还是让不少人为曹操的耿直捏了一把汗。您瞧，光这名字，就透着一股子"国家盗墓办"的味儿。摸金校尉这个官名，只听"摸金"二字就意味深长，偷盗财宝嘛。曹操倒是也不避讳，恨不得要把自己盗墓的壮举昭告天下似的。“发丘中郎将”那就更直白了，“丘”指坟丘，“发丘”就是挖坟了。虽说写东西的陈琳是站在曹操的对立面骂他的，话不能全信，但曹操公然设立摸金校尉这样的职位，你要说他完全清白干净吧，恐怕也不会有人信。

说到这儿，有人要怀疑了，曹操、董卓还有孙权，前面两位黑历史着实不少，可孙权在大伙儿的印象里一直是儒雅的形象，难道这样一个文武双全、风度翩翩的公子哥，也是个盗墓贼吗？

清代屈大均所著《广东新语》说孙权“独得明王婴齐墓，掘之”，记载的就是孙权挖前朝王墓的事。那会儿孙权占据东吴，派人挖了长沙王吴芮的墓葬。挖完了吴芮，他又派人到南越，去挖南越国开国皇帝赵佗的墓葬，结果没找着，翻腾半天也不知道这赵佗的墓在哪儿，得啦，顺手把南越国第三任皇帝赵婴齐的墓挖开了，里边的财宝劫掠一空。所以您说，富贵如孙权这样，见着财宝也是会眼开的。

细心的您也许会发现，盗墓的事情总是发生在乱世。从东汉末年开始，再到后来魏晋时期的八王之乱、五胡乱华，国家分裂，民不聊生，其间盗墓的风气就没间断过，直到后来唐朝建立以后才稍微有些好转。可好景不长，一场安史之乱，再度捣毁了大唐王朝的盛世美景。当战乱再次席卷这片土地，盗墓事件又开始频繁发生了。

唐贞元十四年（798），负责皇家事务的官员上奏皇帝李适，说节度使朱泚盗了李氏的皇陵。这件事儿被记载在《册府元龟》里，讲了大唐“诸陵宫寝屋宇摧坏”的情况。后来唐朝的节度使们也是越来越不把皇帝放在眼里，到了五代时期，节度使温韬更是把唐朝帝陵昭宫洗劫了一遍，唐朝的陵寝只要是在这儿的，基本都给刨了。再往后到宋朝末年，偷盗唐陵的墓刚消停，宋朝的墓又让人盯上了。

有个恶僧叫杨琏真伽，他在元室朝廷的指使下，把宋代的皇陵都给洗了一遍。其中宋理宗的墓也被打开，把理宗陪葬的宝物抢了个空不说，在杨琏真伽的带领下，进陵的盗墓贼们甚至还把皇帝的尸体倒挂，连嘴里含着的夜明珠也被他们拿走了。

古代盗墓的“周期”也是有规律可循的。从汉末，到唐末，一直到宋末，每一次改朝换代，每一次时局动荡，都免不了起一回盗墓高潮。按理说，古人都忌讳死人的东西，可要不是时局混乱，官兵们没有军饷，百姓们吃不起饭、朝不保夕，哪儿来的这么多盗墓贼呢？说到底，战乱是一切古墓遗迹被破坏的祸根。乱世中，最不缺的就是战争，无论是三国魏晋南北朝，唐中后期的藩镇割据和五代十国，还是宋末的蒙古入侵，战乱期间人民颠沛流离，生产力不足，供应不了部队的粮饷，自然而然就有人动起了歪脑筋，想到了要去发死人财。古人又都崇尚厚葬，尤其是最富贵的皇帝家，生前搜刮了大量的财产，死后还想着带进坟墓里，难免就被后世的不肖子孙们盯上了。

既然“乱”是引发盗墓猖獗的重要原因，那民国时期的乱，其实一点不亚于前面提到的汉唐宋三朝。为什么这么说呢？您想啊，从民国初立，到中华人民共和国成立前，这三十多年间发生了多少事情？什么军阀混战、抗日战争和内战，因为时局动荡，当时的政府对盗墓事件的管控相当乏力。有些军政府为了从中获利，甚至官方承认了民间盗墓行为，让盗墓“合法化”。

大伙儿都知道古董的价值高，得来却不需要什么太复杂的技术活儿——会刨坑就行，这可是农民的拿手好活。据说当时，上至官府下到耕民，都对这黄土里的财宝趋之若鹜。当时有一则传闻，说的是彰德唐驸马之墓被掘，盗出黄金凤冠一只、玉凤凰一只、黄金如意一只、玉如意一柄、珍珠被子一条……值价约数百万元之巨。一次盗墓，窃取数百万财富，这在当时还了得？

数百万，在当时算什么水平？给大伙儿科普一个概念，在描述旧上海的《银元时代生活史》中，作者陈存仁说自己在上海当见习医生时每月薪资八块钱，哪怕是当时上海卫生局的科长，月薪也不过三十元。挖一个墓，获利上百万，这对当时的普通老百姓来说可是天文数字！在巨大利益的驱使下，盗墓者们哪还管道义和恐惧？铤而走险、唯利是图的人前赴后继，多如牛毛，连很多农民都扛着锄头在南京、洛阳周边挖宝，都想着一夜暴富。

那么这会儿的民国政府，在忙什么呢？不是防火防盗防挖坟，而是抓住盗墓的商机趁机捞一把，俨然把变卖古玩做成了合法的生意。民国官府的这种政策，自然是加剧了盗墓之风。

除了民国的官府和普通老百姓盯上了盗墓产业外，盗墓的利益也引起了来华洋人的注意。当时长沙有一个打美国来的老外，名叫柯克思，这个美国人很不简单。明面儿上，他是雅礼中学的教书先生，算得上最早的一批外教了；可背地里，他干的是盗墓、倒卖文物的勾当！他从文物商人手中骗了很多中国文物，这些珍贵的楚汉文物最后都被他偷运出了国门，至今都没办法追回来。

据《申报》《大公报》等多方记载，民国时期盗墓之风盛行，其中官盗十六次，民盗二百二十三次。影响最大的一桩，就是官盗中的“孙大麻子盗皇陵”。

这孙大麻子，就是历史上有名的孙殿英。当时蒋介石不给孙殿英军饷，孙殿英只好找上司徐源泉要，无奈徐源泉也忽悠他，孙殿英没了辙，思来想去，动起了偷盗大清皇陵的念头。说干就干！孙殿英先是带领着嫡系部队以军事演习为名围住了清东陵，接着炸开了地宫的入口，把其中无数的商周铜鼎、汉玉浮屠、宋瓷瓶壶、金质佛像、名帖字画这些值钱的东西，抢的抢，扔的扔。乾隆皇帝陵墓中收集一生的稀世文物都遭受了不同程度的破坏，最后连慈禧太后的棺椁都不能幸免。整整三十车宝物，被孙殿英连夜带到了顺义。

这件事情在当时轰动了整个世界。《申报》率先披露了孙殿英的恶行，《大公报》直批孙殿英是盗墓主犯，美国媒体上也发表了《请看中国“泰姬陵”遭劫之真相》，在舆论哗然之下，军界成立了特别法庭，打算审判孙殿英。结果却让人大失所望，孙殿英为了自救，把得来的宝贝转赠给了国民党高层。当时还有个说法，说是孙殿英听了风水先生的话，认为大清有复辟迹象，为了断大清的龙脉，泄掉清王朝的龙气，这才挖了清朝王室的祖坟。有了这个说法，再加上官官相护、行贿通融，震惊世界的孙殿英盗墓案最后不了了之。

说到这儿，好多朋友就说了，帝王的陵墓怎么那么容易就被盗啊？你看电影里演的那个多复杂，怎么回事儿呢？

其实现实中的墓葬没有那么多的密室机关，真正的古墓防盗的手法都很原始，甚至还有点搞笑。比如西汉中山靖王刘胜的夫人窦绾墓，就是封门砖内浇点儿铁水，这个手段是让砖墙更加牢固。这还算是好的了，帝王家嘛，普通人家那更完了。隋朝李静训的石棺上就刻着四个大字——开者即死。但这样骂街根本不管用，埃及金字塔写满了诅咒，结果连普通游客都阻止不了，对吧？包括咱们今天看见的西安兵马俑都是土黄色，其实当初都是五彩缤纷的，出土没多久，暴露在空气里很快就没了颜色。

真实的盗墓并不像电影里似的，拿着洛阳铲和《十六字阴阳风水秘术》，也不会遇到古墓机关、凶猛怪兽，只要准备停当，任何人都可以去盗。盗墓不是英雄闯关，而是破坏了埋葬在地底下的历史。

师爷

咱们聊个特殊的群体。这个群体现在没有了，可是在中国古代，尤其在清朝那是大放异彩，什么叫“县官不如现管”，什么叫“阎王好见，小鬼难搪”，让这群人表现得淋漓尽致。古往今来，对这些人的评价一向是毁誉参半，但是称呼这帮人呢，还得管他们叫一声“爷”。说得这么热闹，这个群体是什么呢？名字很简单，就俩字儿——师爷。

一提师爷，想必大部分人都不陌生。影视剧也好，小说也好，传统戏剧也罢，都有这些人的身影。20世纪末，咱们有一电视剧叫《绍兴师爷》，陈道明先生扮演的方敬斋，是一个心怀天下，打算造福于民，可是始终不得志的书生，没有办法，只能从事师爷这个行当。那么在古代，是不是当师爷就是这么受罪？师爷的起源是什么？他们到底能干些什么？今天咱们就讲讲这个行业。

说起师爷的起源，那可早了，可以追溯到三皇五帝。古代有本书叫《世本》，据说是春秋战国那会儿写的，记录了从黄帝到先秦时期，帝王将相的传承顺序，相当于当时所有贵族的发展史。这本书记载："黄帝之世，始立史官，仓颉、沮诵居其职。"这个史官的"史"写作历史的史，但他不是专门记录历史的，而是类似于文秘的意思。

一般咱们理解，师爷的作用就相当于秘书。其实师爷的作用不止于此，他的职能范围很宽泛，有时候就是衙门里的二号大老爷，整个衙门的运转都要靠这个人去维持。除此之外，有些个老爷不方便出面的场合，他还要替老爷做主。

其实跟师爷最类似的人群，得说是春秋战国时期的门客。门客，各位都知道，因为某种原因当不上官，没法儿施展才华，或者听说某个人有名望，觉得这人跟自己的三观比较符合，于是决定上人家那儿连吃带拿，以后专门给人家办事。

师爷在这点上跟门客一样。您要知道，师爷没有俸禄，虽然说他们也是给公家办事，但是财政支出没有他们的预算——谁雇我，谁就给我钱。给县令当师爷，就县令给我发饷；给知府当，就知府给我发饷。公共场合，他们管雇主叫“大人”，私下里管大人叫“东翁”或者“东主”。东主给他们的开支也没地儿报销，全是从自己的官俸里面拨出一些钱，付给师爷。至于能拿到多少，咱们待会儿再说。

有人说，那我省俩钱儿，我不雇师爷，行不行？也不是不行，但是大多数情况下，都会聘用师爷。因为过去一个衙门要管好多事情，行政、司法、财务、教育，甚至戍边、军备，都要管，一个官是忙不过来的，就得找一帮人帮他。这样一来，师爷不仅必要，而且实际权限往往很大，尤其是在清朝。

清朝的时候，衙门里往往不止一个师爷。您看电视剧里边，老爷一升堂，旁边站着的那个，帮着老爷一块儿审案的，叫刑名师爷。除了他，还有一个专门协助老爷办理财政事务的，叫钱谷师爷。有些大官因为要给皇帝上折子，所以会专门设有奏章师爷。

您又问了，那这个奏章师爷，应该是最高等级的师爷了吧？跟您这么说吧：不是。不光他不是，谁都不是。师爷这行的内部就没有高低贵贱之分。没有品级，也没有俸禄，分个高低又有什么用？即便在同一个衙门，师爷也是看谁跟东主亲近，近的那个对大人影响就大一点，也就这意思。

当然了，县官不如现管嘛，好比我是个县令的师爷，哪天郭麒麟当上巡抚的师爷了，别看我是他爹，我这影响力肯定就不如他。还别说是我，我们县太爷也得捧着点儿他，最多老爷知道我们是爷俩，年底多分给我二斤带鱼，就落这么一好。

说到年底分红，那一个师爷一年到底能拿多少钱呢？咱们举一个具体的例子，这个是历史上有记载的。清朝乾隆年间，浙江绍兴有一位读书人叫汪辉祖，这个人的一生，堪称“传奇”二字。

汪辉祖，字焕曾，号龙庄。因为父亲早亡，家里的日子过得不是那么富裕，再加上老汪这人从小体弱多病，三岁才会走路，俗语管这种人叫“药罐子”，这样一来，他们这日子是雪上加霜。好在家里眼光长远，也懂得教育，从小就让汪辉祖读书——当然了，他这体格也只能读书了。

好在汪辉祖勤奋好学，书读得真不错，就是运气不好，怎么考也考不中。日子长了，也不是办法，一家人光出不进啊，没办法，老汪就得想主意给家里创收。当时像他这种情况，有两种创收办法：一种是教书，就是私塾先生，说白了就是给人带孩子；另一种就是给人家当幕僚，也就是师爷。

哪个挣得多呢？老汪自个儿有著作，其中有一本叫《佐治药言》，里面提到："寒士课徒者，数月之修，少止数金，多亦不过十数金。"就是说像他这种情况，给人家教书，几个月下来也就落个几两银子，多了也就是十几两。十几两是什么概念呢？您看过《红楼梦》，刘姥姥进大观园的时候提过，二十两够一个四口之家过一年。汪辉祖家里多少人呢？八口。显然，这十几两有点不够。

那要是给人家当师爷呢？《佐治药言》里面也说了："游幕之士，月修或至数十金。"也就是说给人当师爷，一个月能挣几十两银子，这就肯定够吃的了。当然了，有比这个更多的，就是给富商当幕宾，这个能挣得更多。

说到这儿，咱们多说一嘴。过去不光官府有师爷，豪门富户手底下也有类似师爷这样的配置，这个就有点像咱们现在的经理人，或者总经理助理这意思。汪辉祖二十四岁这年，他舅舅给他介绍了一个这样的活儿：上盐商家里当幕宾，一个月能给一百六十两银子，这要是干上五年，老汪家也成富户了。不过汪辉祖没去。

老汪这个人，有理想有抱负，他这一辈子主要的目的不是为了挣钱，就是想造福一方。乾隆十七年（1752），他开始给自己的岳父当师爷。最初他不过是想一边当师爷一边接着考科举，可是哪料想，这师爷一当就是三十年。

也是他从来没放弃，终于在四十六岁那年考中了进士，不过官运实在是不行，后来被革职了。说起他这革职，挺有意思。本来是升职，因为在赴任之前意外受伤，没法上任了，结果朝廷给他定了一个“迁延规避”的罪名，把他革职了。您别看革职，身价倒升上去了。

一般来讲，师爷没有品级，国家不给开工资，所以退休了也没有退休金。可是老汪不一样，您想啊，三十年的老师爷，可比三十年的老会计都值钱。这就跟名牌大学退休的老教授一样，各大单位都抢着返聘。不过最后老汪都没去，安心做学问，这才给我们留下了研究古代官场的一手材料。

说完了师爷的待遇，咱们再说说师爷有多大权力。咱们还拿汪辉祖来说，他在江湖上有个外号，叫“汪七驳”。这不是说他在家里排行老七，人家管他叫七大爷，不是那意思。为什么管他叫“汪七驳”呢？这还得从事儿上说。

据他自己说，他一共做了二十六年的刑名师爷。有一次他发现有个案子不对头，这案子已经审完了，可他觉得有问题，就跟自己的东主，也就是这件案子的主审官反映情况。但是主审官不愿意承认自己审错了，于是俩人就抬上杠了，最后主审官实在让他缠得不行了，批准他重审，最后真相大白。老百姓听说这事之后，就给他上了这个美称：汪七驳。

这个故事，一是说明汪辉祖办事认真，二就说明了，师爷的权力全是他的雇主授予的。换句话说，师爷的权力大小完全是看雇主的心情。前面咱也说了，一个主事官员往往要管很多事，他顾不过来，所以有些事情他需要完全委托给师爷来办的。

清朝咸丰年间，时任陕甘总督乐斌是个八旗的少爷，除了吃喝玩儿乐，基本没有会的东西。不会，还不学。你要让他干点儿活，他能恨你一辈子。所以到任之后，他几乎把衙门里的事儿都推给了师爷。

他手下的师爷叫彭沛霖。这个人死的时候，您在他骨灰盒上贴个条，写上“混蛋”，绝对没人说什么。他借着乐斌什么都不懂，自己总揽大权。有打官司的过来，他能美死，为什么啊？挣钱的机会到了。他能拿打官司当成一个项目来经营，吃完原告吃被告，弄得整个西北一路的官场是乌烟瘴气。

从这儿您就可以看出来，东主和师爷谁的实际权力大，完全是一个随机事件。东主要是个明白人，基本还能和师爷做好分工；要是能耐不行，那就老老实实当乖宝宝吧。

像以上的情况，至少在清朝非常普遍。为什么呢？咱都知道，明清两代开科取士，考的全是八股文，考试范围也只从四书五经这九本书里面找。换句话说，这辈子看过这九本书，你就成了。但是这九本书，大多是哲学概念上的东西，具体到治理地方，遇到一些实际问题，到了实操的时候，往往考出来的官老爷他不会处理。

师爷就不同了。各位都知道，师爷有四门功课——可不是“说学逗唱”，那是说相声，也不是“煎炒烹炸”——这四门功课叫“人、情、法、术”，咱们一个个地说。

“人”就是得有人际关系。中国是一个人情社会，不论做什么事，没有人际关系做支持，你干不了。像师爷这种在官府里面打工的，没有人脉，你连个好差事都混不下来。

“情”是你情商得高，懂得人情世故。好比过去书上都写“男尊女卑”，可你到人家里，不尊重女主人你试试？能放狗把你咬出来。尤其过去司法黑暗啊，它不光是官场黑暗导致的，有些法律在制定的时候就不讲理，所以你在处理一些问题的时候，必须结合实际。

“法”就简单了。当师爷必须熟读法律条文，还要懂官场上的一些个潜规则。

至于最后这个“术”，那涵盖的就更多了。最起码，吟诗答对得会，书法得好，算账也得行，要是赶上自己的东主有特殊爱好，比如说爱打高尔夫球，你就得知道什么是“一号木”“二号木”“三号铁”“四号铁”，什么时候用推杆，这你都得会。别老爷一开球，你给拿把扫炕笤帚过来，这不灵。

所以说，很多时候，师爷要比正式的官员会的还要多。晚清时期有一位师爷叫娄春蕃，人家在各个方面都非常优秀，两点能证明：第一，他给好多大人物做过师爷。您比如说荣禄，那是慈禧太后手底下的红人。他或许您不熟，再说俩您准知道的：一个叫李鸿章，一个叫袁世凯，多厉害啊。

第二个证据，他在李鸿章手底下办事的时候，凡是涉及钱粮、刑律、奏折、水利工程、官盐调配，等等不一吧，只要是问题不大，像这种日常性的工作，李鸿章全都交给他办了。这您就能看出来，一个师爷要有多大能力。

那么，既然一个师爷有这么大的能力，他能混一个多大的前程呢？师爷的前程无非三种：一种就是寂寂无名，一辈子给人家打工。哪天干不动了，回去吧！回去之后过好过坏，全凭自己的积蓄。大部分的师爷其实都是这样。

第二种呢，也是当一辈子师爷。虽然名望听上去不如那些正式的官员大，但不论走到哪儿，都有人捧着，想饿死都是个难事儿。咱说的汪辉祖、娄春蕃就属于这种。

第三种，就是始终有迈入仕途之心，一心想在正式的官位上做出一番事业来，并且还真的做到了的。这样的人有吗？有，而且名望还不小。说个例子，大家都知道，这人就是“晚清四大名臣”之一左宗棠。

左宗棠曾经做过两任湖南巡抚的师爷。他这师爷有意思，也不管钱，也不管打官司，也不管写奏折，有人说，专管吃饭哪？不是，他专管打仗。

咱都知道，那时候中国南边有太平天国，左宗棠主要是帮着官府对付太平天国。说到这儿，有一个挺有意思的事儿。因为左宗棠他事实上是个军事家、战略家，平时具体的那些个师爷应该干的事，他全都不会，所以他还得另外雇人给他干这些事情。因此，左宗棠当时是一个自己也要聘师爷的师爷——多难念啊这个！

随着历史向前发展，晚清政府抵挡不住历史前进的车轮，被迫改革。新的政治理念催生了新的政治结构，师爷这种旧体制的产物，慢慢地变得越来越不合时宜了。后来呢，清末的另一位名臣张之洞，上书要求改革师爷制度，师爷这个群体也就走向消亡。

我们说，师爷这个特殊群体本身也是历史发展的产物，但它确实有利有弊。别的不说，你就说它这个薪资制度吧，一个师爷每个月可以拿十几两甚至几十两的工资，可是清朝一个县令的合法工资才四十五两，县令也得养家糊口啊！而且一个县衙，有的时候不止一个师爷，除了师爷之外，县衙里还有其他的人也是靠县令一个人的工资来养活，那岂不是要把县令给吃死？所以，为了维持正常开销，县令也好，知府也好，或者更大的官儿，必须要有灰色收入，他们的灰色收入打哪儿来呢？不问自知。

鳌拜

不知道各位喜不喜欢看些个权斗剧？权斗剧热闹啊，讲究一个“斗”字。古代来说，有您熟悉的宫斗、官斗。当然不管是宫廷还是官场，说白了就是一种场所，搁现代呢，有家斗啊、校斗啊、职场斗啊、后台斗啊，甭管您是丈夫还是妻子，是领导还是跟班儿，是导师还是学生，是著名演员还是普通学员，总之，在不同的角色中，我们总会遇到各种各样的斗争。有人的地方，就会有争斗。

就比如说大伙儿最熟悉的办公室，有些个下属想出头，想升官儿，这都是正常的，毕竟不想当将军的士兵不是好士兵。但是啊，有些心气儿大的，要是犯了浑，也挺糟心的。恃才傲物，不给领导面子，这就犯了职场大忌。还有些呢，想在老板面前长长脸，处处压领导一头。摊上了这么一主儿，那领导能乐意吗？你是领导还是我是领导？搁到古代，这就是权臣和皇帝之间的斗争，稍有不慎，那脑袋就嘁哧咔嚓切下来了，打这儿起，吃什么都不香了。

今天咱们闲着也是闲着，可以聊一聊君臣权力分配的话题，讲一个大伙儿都知道，但未必熟悉的故事。清廷有一位最有名，也最有权的大臣，叫鳌拜，看看他是怎么和皇帝相处的。作为康熙年间辅政大臣的鳌拜，在权力顶峰时期，甚至获得了代行皇帝职权的权力。但小皇帝总有一天要长大，那么到时候，这个大臣该怎么办？

提起鳌拜，一定有很多人想到了《鹿鼎记》。无论是戏说的《鹿鼎记》，还是偏向正史的《康熙王朝》，鳌拜这个角色都是妥妥的大反派，是欺君罔上的奸逆之臣。老百姓的印象中，鳌拜把持朝政、祸乱朝纲，沉迷于权术无法自拔，不把当时年纪尚小的康熙皇帝放在眼里。其实，鳌拜年轻时是鼎鼎有名的一方大将，不仅为大清朝开辟江山，同时也对作为大清王朝开拓者的皇太极忠心耿耿。

除了在战场上很勇敢，他还是皇太极在宫廷斗争中的忠实拥护者，是清宫中最活跃的宫斗达人。说到这儿，您可能不信了，说打仗他或许行，这宫斗嘛，他到底行不行？是不是票友？和大伙儿想的不一样，此时的鳌拜，不是传统意义上的恶人，相反，他为防止权臣多尔衮篡位，与之多方周旋，为拱卫正统皇权而殚精竭虑，为此还遭受了权臣集团的记恨，吃了不少苦头。

有人问了，这还是咱们熟悉的那个鳌拜吗？

说起鳌拜的发家史，就不得不从他最引以为傲的武力值说起。《鹿鼎记》里讲到，鳌拜武功卓越，着实让韦小宝为难。真实历史中的鳌拜呢？何止是个武林高手，还是一位军功卓越的大将军。他出身将门世家，伯父费英东更是有名，被称为大清“万人敌”，位列后金开国五大臣之一！

鳌拜打未成年就从军了，当了兵，就想立军功。作为名将之后，他自然也想争一争美名，向他的前辈费英东学习学习。恰逢皇太极要开拓疆土，此时的鳌拜还是个热血小青年，早就摩拳擦掌，按捺不住了。皇太极要攻打蒙古察哈尔部，鳌拜立马冲在了最前头；皇太极东征朝鲜，鳌拜又冲在了最前头。几场战役，鳌拜屡立大功，深得皇太极信任。这还远远不够，直到崇祯年间，皇太极将他的马鞭伸向了大明王朝。面对满洲铁骑的逼近，明将毛文龙率军退守皮岛，成了皇太极眼中一颗不得不拔的钉子。

皇太极忧心忡忡，就连他父亲、太祖皇帝努尔哈赤，都对这座战略要地忧心不已。果然，皇太极的大军在进攻皮岛时连连受挫。谁才是拿下皮岛的关键人物呢？咱们的主人公鳌拜站了出来，出征时还立下军令状："我等若不得此岛，必不来见王。誓必克岛而回。"一番战斗，鳌拜果然凯旋，皇太极大喜过望，以鳌拜为首功，晋爵三等男，赐号"巴图鲁"，也就是"勇士"的称号！

如果说，获得"巴图鲁"称号的鳌拜获得了战场上的最高殊荣，那么他的下一步，就把目光投向了宫廷斗争。

此时的大清王朝在皇太极的带领下连战连捷，鳌拜在随后击破明军、张献忠的大西军、李自成的大顺军等各类战役里都立了非常大的功劳，逐步成为大清八旗将领中响当当的人物。然而就在他即将走上人生巅峰的时候，遇上了一个最大的敌人。这个敌人不是战场上的对头，不是大明王朝的大将袁崇焕，而是他最信任、最崇拜的领导皇太极的亲弟弟——多尔衮。

这又是怎么一回事？自家人怎么跟自家人杠上了呢？这您就想错了，帝王之家，哪儿来的自家人？就在清军即将入关、统治中原之际，皇太极去世了。最高领导人去世，谁该继承他的皇位呢？这就有意思了，因为连皇太极本人都没想好。那就，谁最厉害谁当老大呗！多尔衮首当其冲，要抢这个宝座。但皇太极的长子豪格不高兴了：我亲爹的宝座，是你想夺就夺的？那咱热闹热闹吧。

于是乎，一场大清历史上最早的宫斗大戏上演了。

在多尔衮的夺位之争中，出现了不少反对的声音，其中有一个家伙，勇冠三军，力大无穷，在领导面前提着个大刀吆五喝六。这人谁啊？多尔衮一打听：鳌拜。

多尔衮也有点儿没辙，因为鳌拜是八旗军重要将领，手握军权；鳌拜更是没辙，因为多尔衮是老板的亲弟弟，不敢真动刀子。

左也不是，右也不是，鳌拜只好搬出老板的名头来，震吓震吓多尔衮。他领着一批忠于皇太极的大臣，摁着宝剑，齐声说："我们这些臣子，吃的是先帝的饭，穿的是先帝的衣，先帝对我们的恩德有如天高海深。如果不立先帝之子，我们宁可追随先帝于地下！"这话说的，扔到地上当当乱响！说得多尔衮都傻了：实在找不到理由篡位啊。当然，他也不想让政敌豪格继位，于是左右各退一步，让皇太极的第九子、当时才六岁的福临继位，就是后来的顺治皇帝。

影视剧里老说，鳌拜是谋逆的奸臣，但您要是光凭这段慷慨激昂的肺腑之言，也着实说明鳌拜有忠君的一面。

虽说多尔衮没能如愿当上皇帝，但当时的顺治皇帝还小，作为皇太极的弟弟、八旗军的统军司令，德高望重的多尔衮当仁不让做了摄政王，过了把替皇帝执政的瘾。

自从拥有了摄政的权力后，多尔衮越发膨胀了，党同伐异，严厉打击曾经跟他作对的人，尤其是当初和他争夺皇位的头号种子——皇太极长子豪格。当然，还有豪格的拥护者鳌拜。

被多尔衮盯上的鳌拜，日子不好过。有人好奇，这鳌拜不是号称大清第一勇士，连康熙见了他都要礼让三分、尊称一声鳌少保吗？抱歉，那是康熙朝的事。在顺治朝，纵使他鳌拜是满洲上三旗的贵族，也不过是爱新觉罗氏的家臣，论地位，是不如掌有摄政之权的亲王多尔衮的。

果然，在多尔衮执行肃清政敌计划时，鳌拜屡次遭受迫害。顺治继位的第一年，明明鳌拜前脚在外面打了胜仗，后脚就被多尔衮罗列了各种罪状。顺治五年（1648）和七年（1650），鳌拜两次身处险境，遭遇弹劾，甚至被论死，差点丢了性命。万幸，鳌拜命大，还没等多尔衮弄死他，多尔衮自个儿先出事，在顺治七年十二月死了。《正说清朝十二臣》里对鳌拜有这么一句评价："鳌拜作为'天子自将之师'镶黄旗的重要将领，忠心事主，始终不渝，在皇太极去世后坚决拥立其子为皇位继承人，甚至不惜兵戎相见，最终争得福临继位。"

那时的鳌拜，故主已死，他也成功帮助福临继位，完全可以功成身退，为谋求个人利益依附多尔衮，这在官场来说再正常不过了。然而鳌拜没有这么做，谁能想到，鳌拜会力挺顺治帝，为扳倒多尔衮而多方奔走？如果没有后来和康熙闹的这一出，或许在清朝的历史中，他会被当作一个巨大的正面人物来传扬。

前面说了，在多尔衮的残酷高压下，皇太极这一支的亲信被严厉镇压。鳌拜之所以能够侥幸残存，甚至最后荣登高位，倒不是因为狡猾，反倒是因为他对皇帝，确切地说是对皇太极这一脉始终秉持着一颗赤诚之心。

顺治皇帝，是不是也像鳌拜信任他一样，信任着鳌拜呢？咱们无法进行确确实实的考据，毕竟连他的亲叔叔都敢蔑视他、篡夺他的权威。帝王之家，本就没有百分之百的信任，但有一点可以确认的是，鳌拜的辅佐能力得到了顺治皇帝的赏识。在年轻的顺治帝得了不治之症，即将驾崩的时候，他做了一个重大的决定：将鳌拜列入辅佐儿子玄烨的四位顾命大臣之中。

因为顺治皇帝死得早，他的儿子玄烨继位的时候才八岁。作为顾命大臣的鳌拜，自此加入了新任领导搭建的班子，同时也终于迎来了真正的事业上升期。也正如他想象的一样，作为四大顾命之臣的老四，能力却着实盖过了另外三位。那么，他会成为另一个多尔衮吗？

咱们可以一个个来分析。先说头一位，首辅索尼。这是个什么人呢？贵为辅政大臣，他却愿意做个“闲人”，不醉心于权力，也不爱插手政务——其实这也是聪明的表现。老三遏必隆一瞧这架势：老大躲了，那我也来几块橡皮膏，把嘴一贴，得了，少说话！有鳌拜在，他除了举手支持、“你说的都对”之外，多余的一个字也不说。再说这老二苏克萨哈，当年鳌拜在议政王公大臣会议上挥舞刀子，他的对手，正是多尔衮的死忠粉苏克萨哈，这仇结得年头太久了……果然，后来因为圈地事件政见不和，鳌拜利用自己的权力一举拔掉了这颗眼中钉，灭了苏克萨哈一家子。辅政大臣中，论能力，论魄力，论精力，鳌拜都居首位，在索尼病逝后，他毫无意外地当上了首辅。正当他如日中天的时候，却没有意识到自己犯了一个大错：他打破了权力的平衡。

从当时的典籍记载就看得出来，皇族宗亲们早就不满意鳌拜了。爱新觉罗·昭梿在《啸亭杂录》里记录鳌拜事迹说："国初鳌拜辅政时，凡一时威福，尽出其门。"言语之中，说尽了对鳌拜掌权的酸味儿。《清史稿·鳌拜传》更是详尽描述了鳌拜的罪行："鳌拜受顾命，名列遏必隆后，自索尼卒，班行章奏，鳌拜皆首列。日与弟穆里玛、侄塞本特……党比营私，凡事即家定议。"

鳌拜是不是真像史籍里批判的那样，结党营私，聚揽权力，搞小朝廷？或许只有他自己清楚。但有一点可以确定的是，康熙看不下去了。小皇帝心说，我拿你当三朝元老，高官厚禄供着，你拿我当空气？要是康熙像宋徽宗，或是南唐后主李煜那种，爱写写词儿、练练书法、唱唱歌跳跳舞，那也就算了，可康熙那是开创盛世的大帝，有精气神儿！你一个半截身子入土的老臣，骑我脖子上？不成。

于是，十六岁的康熙要下手了。他找了一群同龄的少年练习布库，也就是满族习俗中类似摔跤的游戏。鳌拜来之前，康熙就跟这帮小孩儿说："你们都是我的左膀右臂，你们是怕我，还是怕鳌拜？"小孩儿们当然说怕皇上啊！再后来的事，就是各大影视剧里的名场面了，一上殿就把鳌拜捆在那儿了。

怎么也想不到，这么大功劳的鳌拜，辅佐过三位大清皇帝，没死在战场上，也没死在多尔衮手底下，最后败在了少年皇帝康熙手里。

鳌拜被活捉后，囚禁于地牢。原本康熙想要杀掉他，但看到鳌拜为国效忠留下的满身伤疤，动了恻隐之心，最终判了他一个终身囚禁。

纵观鳌拜的一生，一直在和人斗。早年一心事主，帮皇太极斗李自成、斗张献忠，斗完了外敌又开始斗多尔衮……屡次陷入困境，又屡次化险为夷。晚年的他，如果没有那股子戾气，或许还能善始善终，但如果那样，他也就不是鳌拜了。鳌拜就是这样的人，事事都要争一口气，争到了辅政大臣的位子，却因此挡了康熙开创盛世的康庄大道，最后落得个身死禁所的下场，也是可悲可叹。

古代UFO事件

人类历史上有很多未解之谜，其中最让人关注的呢，我觉得就是UFO跟外国人。有人说，外国人？嗯，比外国人还要外国人，就是外星人。很多常见的影视作品里尽有这个“外来的朋友”，比如你看奥特曼打怪兽，比如周星驰的《长江七号》里面那七仔，还有一部叫《第九区》的电影，里面有长得跟大虾一样的外星人，最后坐着UFO离开了地球。当然，这些都是科幻作品，咱们看个热闹，不当真。但是有些个地方有关于不明飞行物的真实报道和记载，更有意思的是，在中国古代的一些资料中，也有许多关于“天外来客”的描绘。有人说，有这个？那是您没注意。

中国古代关于这种不明飞行物、不明外来物的记载，还真不少，无论是正史野史，还是文人诗词，或者民俗资料、风俗画等，都有相关描绘。当然，像《山海经》这些神话传说，《拾遗记》《聊斋志异》这些志怪小说的描述，咱们就不参考了，咱要根据一些可靠的记载来聊一聊古代的UFO事件。当然了，记载虽可靠，但也不能证明外星人真就存在，毕竟都只是一些疑似事件，各位也别太较真。

清代画家吴友如曾画过一幅《赤焰腾空》图，这是中国历史上一个对UFO事件的生动的目击报告，这个事件叫作南京“赤焰事件”。

画上的目击报告是这么写的：九月二十八日，晚间八点钟，金陵城南忽见火球一团，自西向东，形如一个巨大蛋壳，色红而无光，飘荡半空，缓缓飞行。此时浮云遮蔽天空，天色昏暗。人们举头仰视，看那火球清晰分明，立在朱雀桥上。这时候，看热闹的人越来越多，翘首跕足者不下数百人，约一炊许，那巨大的蛋壳一样的火球也就渐行渐远。

画家的说明，到这里并没有结束，在描述完现象之后，他还做了一个专业分析，这在一百多年前的中国确实不可多得。我们先看看这幅图落款中的下半部分，这一部分说的是人们的各种推测：有人说，这东西不过是过境流星。但是流星划过天空只是瞬息之间的事情，哪能给你完整一顿饭的时间慢慢看热闹呢？这个蛋形火球，从近到远，从有到无，这个过程是比较缓慢的，明显不是飞驰的流星。还有人说，这是小孩子放的天灯。但是这天晚上风是向北边吹的，这大火球是向东而去，说明也不是小孩子放天灯。大家议论纷纷，各种推测，这时候有个老人家说：这玩意儿刚来的时候声音比较小，不竖起耳朵就听不见，大概是从远处的南门外面飞跃过来的东西。不管怎么说吧，这种现象都是一种异象。

有人说，这不就是画家灵感乍现、信手拈来的一幅画吗？完全可能是想象出来的，没什么参考价值。这就是各位不了解这画家了。这幅《赤焰腾空》图的作者吴友如，本来就是一位民俗画家，而且这幅画的来源是《点石斋画报》，这是吴友如创办的中国第一份画报。它的性质是一种新闻性的画刊，是研究风俗民情的重要参考资料。《申报》，大伙儿都知道吧，中国近代非常著名的报纸之一，这个《点石斋画报》有时候就随《申报》赠送，所以《赤焰腾空》中的疑似 UFO 事件还是有一定可信度的。

类似这种事件还有，咱们要讲的第二个疑似UFO的事件，是沈括记载的。很多人都知道沈括，北宋著名的科学家、政治家，他是一个非常严谨、实事求是的人，他的《梦溪笔谈》被称为中国科学史上的里程碑。就是在这么一部严谨的科学著作中，沈括记载了扬州“明珠事件”。这是一起很像不明飞行物长期观察地球文明的事件，喜欢探秘节目的朋友可能听说过，美国在20世纪也报道过这样的事件，都是关于某些奇异现象的猜测，不过也说不准，万一真就有外来物种来地球做侦察呢？

咱们来看沈科学家对这个事件的具体记载：“嘉祐中，扬州有一珠，甚大，天晦多见。初出于天长县陂泽中，后转入甓社湖，又后乃在新开湖中。几十余年，居民行人常常见之。”这段话是说，北宋嘉祐年间，扬州天长县陂泽这片小水域突然出现了一个巨大的珠子，这个珠子呢，一到天色阴暗的时候就能发光。后来，这个珠子转移到了甓社湖，就是今天江苏高邮市西北地区，在那儿，又存在了十多年的时间，居民和行人都见过。直到有一天，沈括与他的好友亲眼看见，而且是近距离观看！

《梦溪笔谈》是这么记载的：“余友人书斋在湖上，一夜忽见其珠，甚近，初微开其房，光自吻中出，如横一金线。俄顷忽张壳，其大如半席，壳中白光如银，珠大如拳，灿烂不可正视，十余里间林木皆有影，如初日所照，远处但见天赤如野火。倏然远去，其行如飞，浮于波中，杲杲如日。”这里是说，沈括和他的朋友发现，原来这个珠子很奇妙，它确切地说不是一颗珠子，而是像房子一样，可以开合，人们看到的光，就是从那开合的缝隙之中射出来的。等那珠子完全地张开以后，如同半张席子那么大，外面包裹着一层银光，在银光的中心有一颗宝珠，拳头大小，像初升的太阳一样光芒逼人、不可直视，光芒达十余里。然后，那个珠子竟然飞一样遁走到了远处，像耀眼的太阳浮在湖面上一样。

当时沈括可能还没有关于 UFO 的概念，但是根据现代人的研究，沈括所记述的，确实是一起真实的 UFO 案例，就像现代人的 UFO 目击报告一样。1985 年，镇江举行纪念沈括逝世 890 周年的学术讨论会，时任中国科学院自然科学史研究所所长的席泽宗就曾提及《梦溪笔谈》中记叙的这一事件，可见扬州“明珠事件”不是古人的无稽之谈，而是一项很有研究价值和探索意义的科学记录。

在前两个疑似UFO事件中，当事人吴友如和沈括，都把这种不可解释的现象当作一种有待探索的未知事件。可是咱们知道，在古代，免不了有一些吃瓜群众会因为迷信把这种不可解释的不明外来物妖魔化。下面要讲的这个“帽妖事件”，就是一个疑似具有杀伤力的UFO的入侵事件，这个疑似UFO的东西，就被叫作“帽妖”。

《续资治通鉴》记载：“丙戌，河阳三城节度使张旻言：近闻西京讹言，有物如帽盖，夜飞入人家，又变为大狼状，微能伤人。民颇惊恐，每夕皆重闭深处，至持兵器捕逐。”说的是天禧二年（1018）的五月，宋真宗接到了河阳三城节度使张旻的紧急快报，在信上张旻称：近日洛阳地区有传言，称见到了一个奇怪的物体，看上去像一个帽子，但是体积特别大，最可怕的是还会飞，甚至公然飞进百姓家中伤人。城里的老百姓人心惶惶，都称它为“帽妖”。每到傍晚，老百姓们都紧锁大门，一家人围在一起不敢出声儿。一些胆大的年轻人拿着武器想要追捕，但是这个东西转瞬即逝，滋溜一下就没影了，人都追不上，让老百姓们心生敬畏。咱看到这里就会发现，这个记载和 UFO 入侵还真的很像。

当时的皇帝宋真宗看了这个报告，也是愁眉不展，因为宋真宗非常迷信，他担心自己的施政过程是不是有什么天怒人怨的情况，随即派人前往西京洛阳调查。果不其然，没过几天就有人举报，说道士耿概、张岗等人行踪诡异，偷偷摸摸的，不知道在干什么。宋真宗派遣得力部下缉拿了这几个人，开始审讯。事实证明，这几个人确实趁着“帽妖事件”

散布谣言，图谋不轨，但是他们只是造谣，顶多就是煽风点火，帽妖究竟是什么，他们自己也不知道。

其实，当时这件事情还没有特别多的人知道，如果封锁消息、派几个人出去澄清，就没什么大问题。但是宋真宗派的大臣吕言不敢怠慢，他知道皇上信这个，于是带人在神坛上祭祀，场面弄得很隆重，想要以此告诉帽妖：别闹啦，差不多得了，放过老百姓吧。

可这法子不灵，帽妖出现得更加频繁，伤的人也越来越多。这样一来，吕言彻底慌了，不仅没有完成使命，还扩大了损失。

调查未果，帽妖不久到了京城，而且开始袭击军队。《续资治通鉴》记载："京师民讹言帽妖至自西京，入民家食人，民聚族环坐，达旦叫噪，军营中尤甚。"这是说帽妖已经开始祸乱京城了，造成了军队和百姓的恐慌。这种恐慌，一直蔓延到了皇上宋真宗那儿。

这时候京城人人自危啊，就怕被帽妖盯上，白日里不敢有大动作，到了晚上一家人坐在一块儿不敢大声说话，还轮班守夜盯着大门。为了避免恐慌继续蔓延，宋真宗下令将那几个道士斩首示众，对外宣称整件事情都是别有用心的人一手策划的，目的就是蛊惑人心。老百姓这才松了一口气，之后也就没再琢磨这个事儿，绷了很久的神经终于放松了。幸运的是，宋真宗发布圣谕以后，帽妖真的没有再出现。至于帽妖的来历、去向如何，无人知晓。

根据当时的史料记载，这个帽妖很可能就是UFO，如果真是如此，那么外太空生物可能早就发现了地球，甚至入侵过。不过，涉及权力之争的古代政治是极其复杂的，这个事件也可能只是一个被设计好的谣言，因而虽是正史记载，但是相比较之下，南京“赤焰事件”和扬州“明珠事件”更有可信度。其实古代还有很多的疑似UFO事件，都散落在各种资料中，各位若有兴趣，可以翻一翻。

有人说，UFO 是一种世界未解之谜，也有人说是一种物理现象，反正就是姑妄言之，姑妄听之。人们愿意相信它的存在，并寻找各方面的证据来证明这些 UFO 和外星人的存在，这或许是人类高级趣味的一种体现吧。具体怎么着，咱不能瞎说。留给时间，早晚有一天水落石出。

南北朝败家皇帝

“双十一”“双十二”过去了，我瞧网上有人发一视频，说媳妇快递到了，让老公去拿。老公问快递员：哪个是我的呀？快递员一指：那堆都是！这哥们一边骂街，一边往家搬，数落自己家的败家媳妇。

这也是现在大家生活条件好了，我们小时候，别说这么买东西了，吃饭桌上掉了米粒儿，大人也得赶紧捡起来吃，一见孩子吃饭掉米粒就得说：不能败家！

败家，这可不是老百姓的专利，历史上败家的皇帝也不少，很多朝代的灭亡，跟皇帝都脱不了关系。历史上，皇帝败家引发朝代更替最频繁的时代是南北朝，短短一百六十来年，南北两边都更替了好几回，而且，个顶个都靠皇帝亲自动手亡国。今天，咱们聊聊这些个败家皇帝。

头一个，南朝的刘昱。他的祖上呢，本来是带着兵勤王救驾，打着打着，就把实权攥到了自己手上，干脆宰了司马家的后人，自己当皇帝，建立了南朝宋。这还真是天道好轮回，苍天饶过谁。司马昭打死也想不到，自己当初怎么效法曹丕当的皇帝，别人就怎么效法他。

刘昱是南朝宋的第七代总裁。他当总裁那会儿，多大呢？才十岁。别看刘昱年纪不大，那可是历史上有名地凶残。他有多凶残呢？贪玩好耍，不求上进，逮谁怼谁，怼天怼地怼空气，随时带着刀剑，看谁不顺眼就杀谁，别说太监宫女，连大臣也不放过。但凡有人想劝他，他也不劳别人帮忙，自己扑哧一下就把人给杀了。他的嫡母皇太后劝他："你这孩子得学点好，你才多大点儿，哪能这样啊？"好嘛，他妈说了他两句，他转头就安排太医准备下毒弄死皇太后。吓得身边的人赶紧劝，怎么劝怎么不行，后来有人就说了：太后要是死了，您得守孝三年，什么都不能玩。

他一听这个，那算了吧。杀不了老太后，刘昱总得找人发泄这口气啊。想来想去，让他想起来了，还有一个人他没怼过。

谁啊？萧道成。这个老家伙，仗着老皇帝托孤，天天在我这儿摆谱。择日不如撞日，就今天吧！刘昱带着一帮人，浩浩荡荡、威风凛凛去了萧道成家。他去的时候，萧道成正在家睡午觉，还没明白怎么回事儿呢，捆起来了。

刘昱是无法无天，可他身边有人不傻啊，萧道成手握兵权，哪能真弄死？好说歹说，刘昱才改主意：得了，让萧道成当活靶子，射箭玩吧！堂堂托孤老臣，被小儿皇帝捆起来当箭靶子玩？把萧道成气得够呛。转过头，萧道成就联络了刘昱身边的一帮受气包大臣，把刘昱给宰了。

刘昱死的时候十五岁。萧道成也没客气，公元479年，自己上位当了皇帝，成立了南朝齐。

南朝的刘昱就这么死了，北朝的北魏集团总该引以为鉴吧？没有。北朝没过几年也跟着出了个混蛋皇帝，叫元修。

这个元修也不是盏省油的灯，为了上位，娶了权臣高欢的女儿做老婆。按说，这一波操作算是稳了吧？不，元修不喜欢高欢的女儿。按说不喜欢就不喜欢吧，也就算了，他竟然喜欢自己的亲妹妹。这事儿让高欢知道了，把高欢气得直接带兵杀到了都城，吓得元修跟着自己的妹妹一起跑到妹夫宇文泰那儿去，想仗着宇文泰的权势照样当皇帝。高欢一看他这样，扭头又扶起一个皇帝来。这下，原本就已经是南北两朝的天下，又搞出了东西两魏。

宇文泰也不是傻子，元修给他戴绿帽子，能忍？直接把自己老婆和元修拖出去宰了。后来，他儿子宇文觉干脆自己做了皇帝，取代西魏建立了北周。

宇文家爬上去做了皇帝，高家还能忍得住吗？没过两年，高欢之子高洋又把高欢捧上去的皇帝拉了下来，自己做了皇帝，创建了北齐。按说，高家怎么上的位，自己家里人都知道吧？偏偏子孙不争气。

北齐集团的几代董事长命都不长，很快就传到了第五代董事长高纬的手里。这个高纬，荒淫无道，跟当年的元修有的一拼，有一个成语叫“玉体横陈”，就是打他这儿有的。

怎么来的呢？他有个小老婆叫冯小怜，很漂亮。他呢，让冯小怜一丝不挂地躺在朝堂上，自个儿坐在朝堂卖门票——这不是一般人呐，心理素质得多好。高纬还不满足，大搞灭佛运动，成天在朝堂上斗鸡逗鸟，玩得起兴了，还带着满皇宫的人一起玩角色扮演，自己扮乞丐。

要说，光顾着玩也就算了，他也管朝廷上的事，但凡有人跟他说谁要造反，根本不用证据，杀，弄死再说！大名鼎鼎的兰陵王高长恭，就是让他给弄死的。弄死了兰陵王，北周集团可高兴了，宇文泰的四儿子宇文邕带着大军就杀过来了。高纬呢，拿打仗当角色扮演玩，宇文邕都杀到城下了，他还拉着冯小怜在化妆。你说这北齐集团落在他手里，好得了吗？

那头北齐集团玩完了，亡国模式跟之前的元修一模一样，南朝这边，萧道成的后人能被比下去吗？南齐的皇帝萧宝卷，比高纬还早几十年就玩出花样来了。

说到萧宝卷，好多人不太熟，但是说起妖妃潘玉奴“步步生莲”，估计大家就有点儿印象了。潘玉奴据说有一双漂亮的脚，萧宝卷专门给她修了座宫殿，镶金嵌玉，方便潘玉奴在上面光着脚走路。萧宝卷这些玉石都怎么来的呢？他跑去把寺庙里面的佛像都砸了，把佛像上面的金玉取下来给潘玉奴修宫殿。萧宝卷砸佛像之后，光是看潘玉奴在金砖玉石上走还觉得不过瘾，就跟潘玉奴在皇宫里面学高纬，搞角色扮演。

俩人在皇宫里摆摊做小买卖，皇宫里面有一个算一个，都得参与。潘玉奴那边摆着摊儿招呼，这头萧宝卷还得扮演调戏潘玉奴的恶霸。为了玩得逼真，让潘玉奴除了卖酒，还兼职扮演市场管理员。

这么玩，就够了吗？萧宝卷倒是挺诗情画意的，世界那么大，我想去看看！就打皇宫里边玩到了皇宫外边。可他这个“看”，跟别人不一样。他一遛街，他看别人可以，别人看他不成！谁看他，他砍谁，两把西瓜刀在手，一口气从城东砍到城西不带歇气儿的。那老百姓躲着点，不就行了吗？不成。不给他看，他就拆老百姓房子，拆了来看。

一个月三十天，他得有二十多天都在外面晃，有时候白天，有时候晚上，当官的看他出宫都害怕，还得专门派人盯着，一看他出门，就得通知老百姓赶紧躲。就这么着，搞得“工商莫不废业”。他这么个玩法，自然就有人看不下去了，他有一个亲戚叫萧衍，率军逼宫。公元502年，萧衍上位，开创了南朝梁。

按说，萧衍上位，怎么也得隔几代再出来一个败家子吧？萧衍不一样，自己开的公司，自己败！萧衍牛气冲天地上位，把自己活成了一个段子手。

他在位四十八年，活了八十六岁，很长寿。刚即位的时候还算是个好皇帝，吃喝用度都很节约，对自己的要求也严格。但到了晚年，画风突变，开始闹着要出家。

他要是真的放弃皇位出家，也行，关键是他拿出家当游戏玩。每次出家，就让大臣们掏国库的钱出来给寺庙，为他赎身。短短数年，出家四次，把国库的钱掏了个底儿掉，给国家经济造成了极大的破坏。

把国家搞成这样，他也不觉得自己有什么不对的，得意扬扬地跟禅宗祖师达摩炫耀自己的“成绩”。传说达摩也是放弃王位出家的，不知道是不是被萧衍的思维体系震惊了，达摩祖师跟萧衍聊完天之后，跑到少林寺面壁了九年，才缓过劲儿来。

萧衍并不是潜心学佛。如果把佛家的精神用来好好生活工作，把集团搞好，也行。关键是他一点儿没学到，还把从东魏投奔过来的侯景给卖了。正是他的出卖，再加上国家体系的崩塌，才引发了后来的侯景之乱。侯景带着十万大军压境，萧衍最后被关起来，活活饿死。

这头南梁集团萧衍把自己玩死了，那边北周的人也很快跟上了南梁的步子。

北周的最后一个败家子叫宇文赟，他老爸周武帝管得很严，宇文赟被管得大气儿都不敢出。等老爸一死，行了，宇文赟开始出幺蛾子了。正常来说，皇帝驾崩，儿子要守孝一个月再登基继位，以示孝道。周武帝去世的第二天，宇文赟就登基了，用老百姓的话说：受穷啊，等不到天亮了！

老话说“养儿得济”，说儿子是用来给自己养老的，到了宇文赟，这里得换成忌讳的“忌”。周武帝的棺材板刚一盖上，宇文赟就拍着棺材板大声喊：“死得太迟了！”这像话吗？一句话，说得满朝文武都傻眼了。老爸死了，他很高兴啊，被周武帝管了这么些年，憋了这么些年，终于可以放飞自我了。他当皇帝后的第一件事就告诉所有人：我让你们开开眼。

出了灵堂，宇文赟就派人把老爹的所有嫔妃全拉到自己的宫殿里。然后开始大肆封赏自己的发小、把兄弟，给这些人高官厚禄，又把那些打过他小报告的、给他提反对意见的，拖出去全宰了。宇文赟还一口气封了五个皇后出来，封完五个皇后，就开始在全国大选美女。这么折腾了八个月，宇文赟觉得当皇帝不好玩，还得天天上朝干活儿，太累，干脆直接禅位，把江山让给六岁的儿子宇文衍（即宇文阐），自己拉着一帮美女，舒舒服服地躺着当太上皇。

有一天，也不知道他的“天元大皇后”杨丽华哪里得罪了宇文赟，宇文赟蹦跶着要把杨丽华拖出去宰了。身边人一看，这哪成啊，这杨丽华是谁的人啊？大军阀杨坚的女儿，这哪能说杀就杀啊？消息被传给了国丈杨坚，没过多久，宇文赟就“病危”了。杨坚伪造了诏书，受命辅佐朝政。转过年来，杨坚也效法前人，公元581年，大手一挥，把宇文衍推了下去，建立了隋朝。

那边萧衍死了之后没两年，侯景也让人拖出去宰了。杀侯景的这人叫陈霸先，陈霸先赶上了南北朝的末班车，成立了南北朝的最后一个集团：陈。陈国集团最后一个皇帝叫陈叔宝，历史上称之为“陈后主”。陈国经历了之前的连番折腾，本身已经很衰弱了，到了陈叔宝手上就更差了。有一首诗说“商女不知亡国恨，隔江犹唱后庭花”，说的就是这个陈叔宝。

陈叔宝当皇帝的时候，生活奢靡，不问朝政，但是很喜欢写诗，是一个“小资皇帝”。《玉树后庭花》就是陈叔宝写的。写完，陈叔宝觉得自己文采很好，专门编成了歌曲，让后宫的人一起玩大合唱。

他有一个小老婆叫张丽华，很漂亮，陈叔宝很喜欢张丽华。张丽华呢，仗着陈叔宝对自己的喜欢，开始插手前朝政事，任用宦官，一手遮天，弄得陈国上下乌烟瘴气。有了张丽华给他处理政务，陈叔宝很满意。

隋朝的杨坚可没给他喘气儿的工夫，率大军浩浩荡荡打过来了。陈国被陈叔宝和张丽华连番折腾之后，国力日弱。杨坚打过来的时候，陈叔宝和张丽华还拉着宫女们组织了千人大合唱。

所以说有这样的皇帝，没一个不亡国！

南北朝在中国历史上占据的时间很短暂，但是朝代的更替速度却很快。关于南北朝这段历史，在高考中被称为“考场鬼见愁”。其实这段历史，总结起来就一句话：一群败家子儿。败家也就算了，皇帝亡国的办法一个赛一个奇葩，一个比一个厉害。经过这些个皇帝的轮番折腾，老百姓民不聊生，掌握军队的军阀在那个年月才是真正的实权股东。这段时期有点像日本的幕府时代，所以有这么一句话来形容南北朝：铁打的门阀世家，流水的败家皇帝。

子贡出使

《资治通鉴》这本书，很多人把它跟《孙子兵法》《厚黑学》和《杜拉拉升职记》并列在一块儿，当作成功指南读。这本书呢，你要说它对人生有什么指导作用，那见仁见智吧，它的主要作用还是在历史研究上。我个人认为啊，它对历史最大的贡献，就是替我们解决了一个时间划分上的问题。

咱们都知道，历史上的周朝分两段，西周东周嘛。东周呢也分两段，春秋和战国。西周和东周好划分，以周平王迁都来划分。那春秋和战国，怎么划分呢？照《资治通鉴》的意思，是以"田氏代齐"和"三家分晋"这俩标志性事件来划分，尤其以"三家分晋"为关键节点。其实咱们上学的时候老师都教了，通常把战国的开始时间定在公元前 475 年，这是按照《史记》的说法定的。"三家分晋"是在公元前

403年。“田氏代齐”大致是从公元前489年开始，到公元前379年结束，按理说早已经到战国了，那为什么还能作为春秋战国的分水岭呢？因为“三家分晋”和“田氏代齐”表明，代表奴隶制社会的旧有分封制已经受到严重冲击，新的阶级矛盾已经产生，所以《资治通鉴》就按这么定了。

春秋之所以变战国，无非是新的生产方式催生了新的生产关系，最终导致旧的制度开始土崩瓦解。这就不是一天两天能形成的，就好像青春痘一样，里面的油积攒到一定程度才会爆出来，当然了，这颗痘最终爆出来也是需要条件的，或许您休息不好了，或者您吃点辣椒了，或许您跟谁着急了，总之得有个催化剂。然而您可能不知道，在春秋时代转向战国时代的前夜，发生了一系列大事件，这些事件的背后，竟然有一个共同的幕后推手。如果说这是一台大戏的话，这一位，就是这台大戏的总导演。

在介绍这位总导演之前，我先跟诸位提个人。谁呢？孔子。古今中外、犄角旮旯，不管您跟哪儿住着，都应该知道他老人家。他是春秋时候的鲁国人，山东曲阜是他老家。但是说句实在话，他这老家对他，也就那么回事儿，不然也不能逼得老头儿周游列国，然而老人家自己确实一直对母国是念念不忘。

大概是在公元前484年，孔子听说齐国要攻打鲁国，当时就坐不住了，赶紧召开扩大会议，把有能耐的弟子全叫到一块儿了。开头就讲了一段挺惨的话，《史记·仲尼弟子列传》是这么记录的：“夫鲁，坟墓所处，父母之国，国危如此，二三子何为莫出？”孔子说了，鲁国啊是咱们的祖国，祖坟都在那儿呢。现在鲁国危险了，你们就这么看着？您听这语气，着急、担心、埋怨，各种感情都有。

孔子很少有不淡定的时候，这回是真着急了。受这种情绪感染，底下的学生们全都被调动起来了，都举手说愿意出力。其实孔子也知道，自己手下没兵没将，找块板砖，那年头恐怕也没有，想要武力解决，就这点儿人手，还不够给伙房择菜的呢。所谓出力，无外乎就是找个伶牙俐齿的去说服齐国放弃攻打鲁国的计划。别看举手报名的不少，还不能都给派出去，得找那真有能耐的。

头一个举手的就是孔子的大徒弟，子路。我们有个相声叫《吃元宵》，听过的您都知道，子路、颜回，这是久跟在老师左右的。子路这人，做事比较冲动，上课回答问题总是头一个举手，但是回答正确的时候少。老师一看是他，很高兴地让他哪儿凉快哪儿待着去了。这时候又有俩人举手，一个叫子张，一个叫子石。孔子也没让去。最后，有个叫子贡的站出来了："老师，我愿意去。"孔子一看是他，就把他派出去了。

咱们前面说的"春秋变战国"这场大戏的总导演，就是子贡。那么孔子为什么派子贡呢？这人有多大能耐呢？

子贡复姓端木，名赐，字子贡，卫国人，属于孔子三大核心弟子之一。孔子周游列国的时候，子路、颜回、子贡，这仨人是孔子的左膀右臂。这个人能说会道，最擅长体会人心。有一次孔子问他："你跟颜回比怎么样？"子贡马上说："我比不了。他举一能反十，我举一也就反俩。"他说的是不是事实先搁一边儿，颜回是孔子最喜欢的学生，他这么一回答，老师肯定高兴。所以说他能琢磨人心。

子贡的本职工作是商人。咱都知道，商人说话得八面见风，四面见线。老话说"买卖好差，全凭说话"，嘴里头没功夫，买卖你做不了。而且在外交这一部分，子贡是有经验的。当初，孔子困于陈、蔡，就是子贡去了一趟楚国，请楚国帮的忙，才让孔子转危为安。

除了懂人心、有经验之外，子贡比其他弟子还有一个优势，就是年龄。子路比孔子小九岁，子张比孔子小四十八岁。这子贡在中间，比孔子小三十一岁，属于年富力强的。而且子路和子张都属于性格比较冲动的，子贡的性格没问题，比他们都稳妥，所以孔子选择他，确实是知人善任。

得了老师的首肯，子贡开始行动了。他先去的齐国，找到了齐国的首相田常。为什么先找他啊？其实这时候齐国的朝政，国君说的已经不算了，大部分权力都由田常把持，这次打鲁国，就是他的主意。田常的本意是想进一步扩大自己的权力，所以这一次他把平时忌惮的几个家族都派出去了，让他们去打鲁国，打算坐山观虎斗。所以问题的核心在他这儿。

子贡见着田常，没有一进门就哭，不是一副求人的态度，倒像是给田常出主意来了。他是这么跟田常说的："鲁国这个地方，城墙也不高，护城河也浅，国君也窝囊，当兵的也是夙包，所以不好打。我建议您打个容易的，吴国怎么样？兵强马壮，而且人家国王叫夫差啊，有名的能打仗。您打他去，这多容易啊。"

田常一听，差点没气死。让我打夫差？谁不知道这位爷不好惹啊，你害人这么明目张胆，你家里人知道吗？但毕竟是一国首相，太难听的话没说，只是问了一句："子之所难，人之所易；子之所易，人之所难。而以教常，何也？"你认为难的，都是人家认为容易的；你认为容易的，都是人家认为难的。究竟为什么啊？

子贡一听就乐，心说："行！上钩了。这会儿给你来两句狠的尝尝。"于是他跟田常陈述利害关系说："您派您那些政敌的部队出去，这意思我们都明白，无非是想坐山观虎斗。既然想借刀杀人，让他们打㞞的哪行啊？这仗打完了，结果人家都功成名就，您只能傻看着；您让他们去碰硬石头，回头碰个头破血流，您好挨个收拾，这不挺好吗？"

他这么一说，田常心眼儿就活泛了，但也提出了自己的难处：那几家也不缺心眼儿，我要是让他们掉头去打吴国，他们不就明白了吗？子贡马上就给田常出了个主意："我现在去说服吴王夫差，让他出兵伐齐，您调他们去保家卫国，这不就合理了吗？"田常一拍大腿，嗬，还是你坏！那赶紧受累吧。

到了吴国，子贡没费什么唾沫，就把吴王夫差给说动了。为什么？熟悉历史的都知道，夫差这人，野心太大，战争狂人呐，一提打仗乐得不行，嘴能咧到后脑勺去。他唯一顾虑的就是屁股后头有个老对手，越王勾践。这人不是省油的灯，万一自己带兵北上了，勾践给他背后下刀子，他可防不住，所以他想先灭了越国再打齐国。

子贡一听，那不行啊，等你打完越国，黄花菜都凉了，赶紧劝着，意思就是越国您得留着，这样才能显示您讲义气，各国也才能服您。要不然，大伙儿都只拿您当战犯，不能从心里佩服您。最后他一拍胸脯："您放心，我这就去把勾践给说住了，我让他派兵跟您一块儿行动，这就不用担心了。"夫差一听乐得嘎嘎的："你赶紧去一趟，我等着。"于是子贡又来到越国，面见勾践。

勾践听说子贡来了，赶紧列队迎接。《史记》记载："越王除道郊迎，身御至舍而问。"这是子贡导演出场以来，受到的最高规格待遇。勾践听说他来了，专门派人打扫街道，自己跑到郊外迎接。给他安置好了下榻的地方以后，又亲自开车，到宾馆向他请教。

那位说，勾践怎么这么客气呢？答案很好找，从勾践对他的问话就能看出来。勾践问："此蛮夷之国，大夫何以俨然辱而临之？"您听这话问的，跟孙子问爷爷的语气差别不大：我们这儿穷乡僻壤，国民素质很低，大夫您怎么自降身份上我们这儿来了？这里，您得画个重点，勾践管子贡叫大夫。咱都知道，大夫是官名，子贡还做过官吗？还真做过，官还不小，先后做过鲁国和卫国的宰相，再加上他孔子门徒的身份，也难怪勾践会这么对他。

看勾践这么客气，子贡先是埋怨了他一顿，说："你既然想报仇，就不该让人家看出来。现在人家要灭你，你说怎么办吧？”勾践赶紧解释：“我没想报仇，我就想把他熬死就行。等我们俩前后脚都死了，事儿也就解决了。”我估计这会儿人家子贡心里得说：“你少来这套，夫差都看出你的意思来了，我能看不出来？”接着，他给勾践分析了一下局势，让勾践派兵跟着夫差一块儿去作战，麻痹夫差，这样方便他在后方伺机而动。勾践其实也是想抓住这个机会的，所以就坡下驴，答应了。

说服了勾践，子贡回去又跟夫差交代了一番。夫差大喜过望，就开始准备北上。在这个地方，《史记》写了一句话，叫“子贡因去之晋”，就是说因为夫差要去打齐国了，所以子贡又赶紧去了晋国。为什么夫差打齐国，子贡要去晋国？要知道，最早子贡跟田常商议的时候没提到过晋国，这一圈儿下来，似乎也没提到晋国，那他上晋国干吗？

其实也不是没提到，他在游说勾践的时候提到过。齐国、晋国是紧挨着的，两国都是那时候的超级大国，吴王夫差要想称霸诸侯，跟这俩国他都得较量较量。按照子贡的意思，夫差攻打齐国的结果无非是两种：要么输，要么赢。如果夫差输，勾践就可以趁势北上灭吴；如果夫差赢，势必会有晋国跳出来跟他一争长短。左右都是个机会，勾践也可以北上，所以他勾践是不吃亏的。

但是到夫差这边，就不那样了。他攻打齐国的时候，如果是跟齐国单挑，他还有胜算；要是晋国进来插一脚，他可就不见得顶得住了。所以出使晋国，估计也有夫差的一分意思。反正不管因为什么吧，子贡又到晋国了。

到了晋国，子贡跟晋国的国君单刀直入，直接就把局势给讲明白了。《史记·仲尼弟子列传》记载他是这么说的："今夫齐与吴将战，彼战而不胜，越乱之必矣；与齐战而胜，必以其兵临晋。"晋国国君一听，哟，事态严重，怎么办？子贡告诉他："你先按兵不动，等着局势的发展。"晋国国君一听，当时就答应了。怎么这么痛快就答应了？您想啊，齐国再没能耐也是大国，吴国就算赢了也是惨胜，到时候晋国以逸待劳，可以捡现成的。

最终，在子贡不费一兵一卒的操作下，公元前484年，齐、吴两国爆发艾陵之战，齐国主力尽灭，田常借此展开了在齐国内部争权夺利的攻势。随后，吴王夫差又和晋国在黄池对峙，越王勾践趁机北上，重新开启吴越争霸。公元前475年，越国灭掉吴国，勾践成为春秋时代的最后一位霸主。——至于鲁国，肯定是保住了。

《史记》概括子贡达成的局面叫作："存鲁，乱齐，破吴，强晋而霸越。"其中存鲁、乱齐、破吴、霸越，这肯定没的说的，至于"强晋"，就值得商榷了。事实上，这次大乱斗以后，晋国就开始走下坡路了。虽然历史上"黄池会盟"，晋国在军事上没有输，而且得到了一些好处，但是它的外交地位一落千丈。在此之前，晋国是公认的霸主，就因为这场变故，它的霸主之位先后被吴国和越国代替，从这一方面也可以反证它的国力已经开始下滑了。所以"强晋"只是一个表面现象，或者暂时的现象，从长远来看，子贡还是把晋国给坑了。

总结子贡的手法，其实很简单，就是直击对手的内心，再从对手的利益出发去分析问题，最终对方全都顺着他的思维去行事了。子贡的终极目标也很简单，就是保住鲁国。但是他这一使劲，直接让春秋末期这几个实力最强的国家发生了巨变，无意间激化了新的社会矛盾，也间接催生了"田氏代齐"和"三家分晋"等重大历史事件。在这里，我们可以下个定论：虽然剧本不是事先设计好的，但是子贡导演的这出大戏，催化了春秋变成战国的进程，让历史翻到了新的一页。

王玄策“一人灭一国”

王玄策一人灭一国的故事，很多人都知道，影响力很大，电影《大闹天竺》就涉及这段往事。这段故事之所以如此受人关注，我想无非是两个原因。一是因为中国人有种独特的民族气质，向来是“各人自扫门前雪，莫管他人瓦上霜”，从来不干涉别人家里的事，更别说主动灭了哪国了。再一个是，中国人向来注重群体力量。兵法有云：“十则围之，五则击之，倍则分之。”你人数比人家多一倍还要靠脑子取胜呢，更何况一个人面对人家一个国家？所以“一人灭一国”，实在是太令人震撼。

那么这究竟是怎么回事？王玄策是谁啊？他真的有一个人灭掉一个国家的本领吗？这就需要咱们慢慢说了。

王玄策这个人，介绍起来很简单，两句话就能说完：他早年曾任县令，后来官至朝散大夫。县令人家都知道，朝散大夫具体是个什么官不太好说，可能是一种调研员的角色，反正官不大。

王玄策这人就算介绍完了。那位说了，这就完啦？这人哪年生的？什么出身？什么学历？哪儿的人？长什么样？爸爸是谁？妈妈是谁？兄弟几个？娶媳妇没有？每月给爸妈多少钱？给的时候媳妇乐意不乐意？非要问的话，我能给您现编，至于是不是那么回事儿，正史上关于王玄策的早期经历提到的是少之又少。不过通过这一点点信息，我们还是可以分析出一点东西来的。

王玄策最早出任的是融州黄水县的县令，离着西南边境不算很远。后来调到中央，所任官职不详。不过可以分析，早期他在西南，了解西南一带的风土人情，也就有可能了解一些西南境外的事情，再加上以后他的任职经历，他被征调入朝应该是专门负责西南境外的外交工作。

此外，我们要注意一个问题：王玄策除了“一人灭一国”，他最大的贡献是开辟了新的外交路线。想当初，玄奘法师西行求法，先是一路向西，到了中亚之后再往南走才到印度，等于走了个大“C”形。而王玄策裁弯取直，先入藏，走青藏高原，过了青藏高原进尼泊尔，然后直接就到了印度，等于是一条直线下来的。能做到这一点，我觉得他一定要事先做好功课，了解西南的风情。

但是您记住这一点，在故事发生之前，王玄策还只是一个普通文官，本身并没有任何的光环。

介绍完了主人公，接下来咱们就该介绍一下故事发生的背景了。当时是大唐贞观年间，唐太宗李世民开启了贞观之治。对内，休养生息，提升国力；对外，宾服四方，威震远国。贞观四年（630），大将张宝相生擒突厥颉利可汗。贞观十四年（640），大将侯君集破高昌国。贞观十五年（641），吐蕃松赞干布向大唐称臣，迎娶文成公主。一时间，大唐国势天下无双。

这段时间，还发生了件轰动一时、影响后世一千余年的文化交流事件，就是高僧玄奘法师西行印度求法。他是贞观三年（629）走的，贞观十年（636）到达，受到戒日王的礼遇。贞观十五年（641），当时印度最大的领导人戒日王派人与大唐建交。

当时的印度不是一个统一的国家，境内星罗棋布几十个小国，这种情况一直延续到英国人殖民印度。不过，戒日王在当时的印度是最强者。他曾经因为和鸠摩罗王争夺玄奘法师还差点打起来，从这一点可以看出，他对中国人还是很友好的。事实上他在位的时候，中印两国的交往十分频繁。

王玄策“一人灭一国”的事，发生在大唐贞观二十一年（647），这一年，王玄策被任命为正使，出使天竺。在此之前，他在贞观十七年（643）作为副使去过一次印度，当时他们到了在天竺很有名的摩揭陀国。据说佛祖涅槃之前，最后生活的地方就是摩揭陀国。据《法苑珠林》记载——这《法苑珠林》相当于一本佛教辞典，记录了很多有关佛经和佛教文化交流的事件——王玄策一行人曾在摩揭陀国“因铭其山，用传不朽”，翻译过来就是，这些人在那儿立了一块碑。

贞观二十一年这次出使，原计划就是进一步深化原有的外交关系，再交一些新朋友。一开始进行得还不错，有四个天竺国家都派出人来，愿意跟王玄策一块儿回国，结果在回去的半道上出事儿了。这个事儿啊，不光是在当时当地，在整个世界历史上都有影响——戒日王死了。

戒日王一死，国中大乱。他的大臣阿罗那顺篡位，自立为王。古代小说、演义评书里边这种事情很多，一般来说，皇上、国王身边都有这么一主儿。按说这是别人的家事，王玄策管不着，但是“树欲静而风不止”，阿罗那顺上台之后，二话没说，调动兵马，监视大唐使团。监视就监视吧，这也没办法，一朝天子一朝臣，人家外交政策改了，你也只能查明现实，先回国交旨再说，这趟任务完不成也不能说是王玄策无能。总之一句话，你篡位就篡位呗，你爱怎么着怎么着，我不惹你就完了。可是没想到紧接着，情况更危险了。

这个阿罗那顺，咱也不知道是没睡好觉，还是吃什么不消化的东西了，竟然发兵攻击大唐使团。《旧唐书》记载：“其臣那伏帝阿罗那顺篡立，乃尽发胡兵以拒玄策。”王玄策一瞧，你来了我也不能让你把我叫呲了，宁愿让你打死，也不能让你吓死，当即率领使团所有兵马——三十多人，跟人家就拼了。结果怎么样了呢？还用说吗，全让人家俘虏了。

《旧唐书》关于这部分有条记载很有意思：“玄策从骑三十人与胡御战，不敌，矢尽，悉被擒。”这是一段很值得琢磨的文字。这段文字跟刚才那个记录是紧挨着的，没说人家派出多少人来，但是肯定比他那个三十多人要多得多。王玄策用什么战术抵抗的也没说，但是里面提到了两个字，“矢尽”，不是说这些人打仗很“使劲”——当然了，不使劲也不行——说的是打仗打得把箭都射光了，导致这些人没法战斗，才做了俘虏。你琢磨，一个人身上能带多少箭？所以说这场仗没坚持多长时间。全都做了俘虏，说明一个战死的都没有。综合起来一分析，这场仗打得肯定不壮烈。

光被俘虏还不算，他们随身带的财物、贡品也让人家抢走了，这一下，王玄策翻脸了。我估计他在跟人家打的时候可能也琢磨：你最多把我人抓了，吓唬吓唬，能怎么着？结果人抓了不算，这边儿还抢东西，这一下我回不去了，回去我怎么跟皇上交代啊？

"皇上，这次去人家可给面子了。又派人来又给东西，我看里面不少宝贝呢。"

"拿来我看看吧！"

"拿不出来了。让人家抢走当纪念品了。"

都不用皇上下旨，他就地得抹脖子啊。于是愤怒之下的王玄策脱身逃走，随即展开了一系列的报复行动。

逃走之后的王玄策没有回大唐，而是顺着来时的路，投奔了吐蕃，把事情原原本本跟松赞干布说了。松赞干布您都知道，跟文成公主是两口子呀，松赞干布一听就急了：你抢王玄策，就是瞧不起大唐；瞧不起大唐，就是瞧不起我老丈人。这玩意儿，忒拿牦牛肉干不当干粮了。点齐了一千二百人交给王玄策：去，弄死他去！

松赞干布派了多少兵，历史的记载稍有不同。《旧唐书》和《资治通鉴》说是一千二百人，《新唐书》说是一千人，中间有二百人的差价，总之大概就是这么多人吧。人数上似乎少了点儿，不过没关系，在杀回天竺的半道上，泥婆罗国，也就是今天的尼泊尔，又资助王玄策七千骑兵。这回没争议了，哪本书记的都一样，全是这个数，加上吐蕃的士兵，这得小一万人了。王玄策带着这帮人，浩浩荡荡就找人家报仇去了。

后面的事情就很解气了，但是也让人产生一丝疑惑，咱们慢慢说。《旧唐书》记载："玄策与副使蒋师仁率二国兵进至中天竺国城，连战三日，大破之。"这一段算是文言文里面的白话文了，您估计也都看得懂，就一个地方需要给您说一下。前面咱们也提过了，王玄策以前出使天竺是给人家当副使，这回他当正使了，也得配一个副使。这次跟着他来的副使叫蒋师仁。关于蒋师仁的记载不多，但是我们可以根据史书上的只言片语猜测，这位应该是个军事人才，这个一会儿再说。总之一句话，王玄策和蒋师仁通力合作，率领吐蕃、泥婆罗联军和中天竺交战三天，结果大破中天竺。

这个记载很让人解气，可让人迷惑的是，蒋师仁是怎么出现的？前面记载，王玄策一行人，除了他之外都被俘虏了。去吐蕃搬兵，一直到回来，都只有他一个人。蒋师仁是突然出现的，这是怎么回事？咱们可以提出四种猜测：第一，蒋师仁跟着王玄策一块儿跑的，所有的事他都参加了，但是书里一直没提。第二，还是两人一块儿逃走的，但是蒋师仁留了下来，观察形势，王玄策一个人去的吐蕃。第三，王玄策跑了以后，阿罗那顺随即把俘虏都放了，或者单放了蒋师仁。第四，王玄策跑了以后，蒋师仁也跑了出来，只不过因为时间差，没追上王玄策。哪种情况更合乎情理，这个您自己分析吧，总之，这场战斗蒋师仁参加了。

这场战斗战果惊人。《旧唐书》记载："斩首三千余级，赴水溺死者且万人。"诸位，这俩数加一块儿已经比八千多了，标准的以少胜多。其实这也不奇怪，里面的原因也不难分析。第一，阿罗那顺是篡位，他内部肯定不团结。第二，王玄策是报仇来的，士气旺盛。第三，联军这边大部分是骑兵，机动力强。第四，王玄策能带多少兵过来，中天竺这边根本不知道虚实，这就先输了一阵。第五，阿罗那顺抢东西的时候，就没预计到王玄策会报仇，他就是想到了，也没想到会这么快。他最多预想的是，唐朝人很可能因为道儿远，选择吃哑巴亏，就算不吃哑巴亏，你来我这儿也得一年以后了。他哪想到王玄策是从吐蕃搬的兵啊？他的准备必然薄弱。林林总总的情况加在一块儿，输了也不奇怪。

不过这一仗输了，阿罗那顺并不服。《资治通鉴》记载："阿罗那顺弃城走，更收余众，还与师仁战；又破之，擒阿罗那顺。"第一仗打败，阿罗那顺就撂了，然后召集旧部又杀了回来，没想到蒋师仁等着他呢，双方打了一仗，阿罗那顺兵败被俘。这还没完，阿罗那顺的残兵败将保着他的王子和后宫，组织防御，打算做长期战斗的准备。没想到蒋师仁不依不饶，乘胜追击，又把他最后的这点人马消灭了。

三场大战之后，王玄策这边斩获颇丰。其中《新唐书》记载的最厉害，我说出来大伙儿解解穷："获其妃、王子，虏男女万二千人，杂畜三万，降城邑五百八十所。东天竺王尸鸠摩送牛马三万馈军，及弓、刀、宝缨络。迦没路国献异物，并上地图。"不但得了中天竺不少战利品，还吓得周边国家赶紧过来送礼。这里面有个关键的东西，就是地图，一般送地图就是纳土称臣了。第二年，王玄策带着阿罗那顺还有战利品回国交旨，朝廷封他做了朝散大夫。

有人问了，立了这么大功劳，怎么才给这点儿封赏？

我还跟您说，不光封赏少，史书记载这一段的时候，别看写得很阔，但是态度微妙，似乎都只是在记录一件小事。这个其实很好理解，古代中国人一直拿自己当天朝上国，大唐就更是如此。在他们看来，在境外作战，击败一个小国，就是一件微不足道的事情。这就是为什么王玄策今天的名气这么大，但是史书上没当回事儿的原因了。

到这儿，您也听出来了，所谓“王玄策一人灭一国”，这个说法很夸张。首先他不是“一人”，除他之外，还有一支八千人的部队呢。另外，他也没“灭一国”。他不可能带着外国军队在那儿驻扎，打完了仗又回去了，人家那国家还在。最重要的，从记载来看，所有的仗实际上都是蒋师仁打的，他最多主持个大局。所以说，“王玄策一人灭一国”是不存在的。

说到这儿，还是祝愿天下再无战争，民族之间世代修好，全人类永享太平。

兰陵王

这人长得好看啊，走到哪里都吃香，网上说“颜值即是正义”嘛！在现代，俊男靓女们都去当偶像了，这搁在古代也是一样。南北朝时期，北齐有个非常有名的王爷，叫兰陵王高长恭，历史上有名的大帅哥。作为古代超一流偶像派巨星，兰陵王与宋玉、卫玠、潘安一起，被称为“古代四大美男”。兰陵王有多好看呢？据说是满足了当代少女的一切想象！《北齐书》里就说他“貌柔心壮，音容兼美”，《资治通鉴》也说“齐兰陵武王长恭，貌美而勇”，各种史册都在狂赞他的颜。简而言之，言而总之，就仨字儿：高富帅！

长得好看，当然能给自身加持一道光环，就比如三国时期的周瑜，南宋名臣范成大就夸他是“江左风流美丈夫”，听着就让人心里痛快。但有的时候吧，长得美却并不全是一件好事儿，甚至还是缺点！有人说，这是瞎说吧，好看还能是缺点？就拿咱们说相声的来讲，相声表演有它的特殊性，和影视剧演员不一样。偶像派统统长得美，长得帅，举手投足都在跟您对潜台词：快夸我好看！实力派则更要注重演技、台词和技巧。相声演员就不同了，无论是抖包袱还是讲段子，就为了图您个乐呵。如果一个相声演员长得过于漂亮，观众朋友们光盯着他的颜值了，谁还听他说了什么！

兰陵王就面临这样一个尴尬的问题：长得太好看了。他要是个闲散风流的王爷，也就罢了，可他偏偏要上战场，还要做个威风八面的将军！

历史上真实的兰陵王，的确有当男神的潜质。唐代崔令钦评价他："兰陵王长恭性胆勇，而貌若妇人。"《隋唐嘉话》中就更直白了，说他是"白类美妇人"，意思就是说兰陵王高长恭皮肤太白、长相俊朗，美得像个女人。这搁在战场上，真是个很实在的大麻烦。

您琢磨一下那画面：战场上马蹄声狂乱，金戈声刺耳，阵前忽然来一员大将。一瞧这大将，好家伙，目若秋波，长相阴柔，不管在男人还是女人眼中都是个绝世大美人。要是搁在现代，上个选秀场或是上个T台都很棒，谁看见都过去求签名求合影，怎么好意思提着大刀长斧砍人去？而且话又说回来了，战场上来来往往都是糙汉子，谁会怕一个长相俊美、声音动听的人呢？

后世有人对兰陵王的故事做了艺术加工，说有一次他上阵杀敌，敌军首领一看兰陵王长得太俊，乐了："来啦老妹儿？回去吧，齐国无大将了吗，怎么派个女人过来？"一国大将，竟然被如此轻视，这搁谁身上都觉得面子上过不去。不管这是真事儿还是假事儿，对于肤白貌美的兰陵王来说，都是极有可能发生的。兰陵王回去一琢磨，这也不是事儿啊，怎么办呢？准备了一副狰狞可怖的鬼头面具，重新回到战场。

面具在手，天下我有！换上恐怖面具的兰陵王犹如带领天军下凡，张牙舞爪般袭向敌军，对方吓破了胆，很快败下阵来。唐代段安节在《乐府杂录》中记载兰陵王"以其颜貌无威，每入阵即著面具"，这样提的还不止一次，还说道："齐兰陵王长恭，才武而貌美，常著假面以对敌。尝击周师金墉下，勇冠三军！"

段安节描述的这段历史，是兰陵王沙场生涯中最出彩的一章，史称"邙山大捷"，这里的邙山在洛阳境内。有人要问了，段安节说的明明是尝击周师"金墉"下，怎么又是洛阳了？《乐府杂录》中提到的金墉，其实是当时洛阳城的一角。

话说，北周对北齐发动进攻，洛阳被北周十万大军如铁桶般团团围困，守城的部队弹尽粮绝，形势危急，一旦洛阳城失守，整个北齐就可能被连根拔起。就在北齐大军哀叹绝望，叫天天不语、喊地地无言，上天无路、入地无门……的时候，他们的战神兰陵王出现了！兰陵王只率领了五百名士兵，就杀气腾腾地从洛阳城外围杀进来，奇怪的是，强悍的北周军队也没能拦住。一直到了洛阳城下，守城兵士见有人来了，不敢开门。兰陵王只好摘下自己的面具，守城官兵一瞧，这俊美的长相，可不就是人见人爱的美王爷兰陵王吗？将士们信心大增，用弓箭掩护兰陵王，打开城门与援军内外夹击，打得北周军队"委弃营幕，自邙山至谷水，三十里中，军资器械，弥满川泽"。兰陵王这一仗，打得是大获全胜，打这儿起，威名远播。后来将士们因为爱戴他，给他谱了一首流传千年的名曲《兰陵王入阵曲》。

这段历史可不是戏说啊，都被《北齐书》记载得明明白白："邙山之败，长恭为中军，率五百骑再入周军，遂至金墉之下，被围甚急，城上人弗识，长恭免胄示之面，乃下弩手救之，于是大捷。武士共歌谣之，为《兰陵王入阵曲》

是也。”

兰陵王戴鬼头面具上阵的传奇故事流传了上千年，但是有一个无情的事实是，这典故很有可能是后人的误会，甚至更有可能是为了增强兰陵王事迹的传奇性而编出来的。您细想，“在战场上起不到气势逼人、威慑敌人的作用，所以每次出征时都戴面具”，这样的说辞乍看好像并没有什么问题，可史书上真的这么记载的吗？《北齐书》里说“长恭免胄示之面”，胄，就是头盔。因为是要保护脸部的，戴上这玩意儿好像只能看到眼睛，这在北朝时期还挺流行，不仅皇族将领戴，普通士兵也戴。

换句话说，兰陵王可能并没有戴过鬼头面具上阵。中国人爱听故事、爱讲故事、爱传故事、爱信故事，尤其是像兰陵王这样，长得好看的流量大明星，明明已经够传奇了，总还觉得差了点什么，于是兰陵王戴面具的典故，还有他和兰陵王妃的爱情故事，让后世人们津津乐道。后来不仅被编排成了面具舞，传到了日本，到了现代，甚至还被编排成话剧、拍成了各种影视剧。

除了有传奇的故事、好听的传说外，真实历史中的兰陵王，还拥有一个非常难得的品德，那就是体贴下士、仁爱大度。什么叫人美心更美？兰陵王就是！

邙山之战大获全胜后不久，兰陵王自己却陷入了深深的惆怅。出身好，长得美，打仗强，挣得多……按理说就算退休了，还能当个闲散王爷，还有一堆粉丝小迷妹呢，你有什么好惆怅的？常看宫廷剧的都知道，帝王之家，高处不胜寒！尤其是北齐的高氏皇族，五代君主，都是在阴谋和杀戮中更替，个个荒淫暴虐、多疑猜忌。兰陵王刚打了胜仗，就怕了，怕的是自己功高盖主，怕的就是这个高处不胜寒。虽然打胜仗之后被加官晋爵，但兰陵王再也不敢出风头了，还想方设法干了些令人不齿的事。什么呢？收受贿赂。

《北齐书》记载，兰陵王在任职司州牧、青瀛二州刺史等地方官时，“颇受财货”，也就是时常受贿。生于权贵顶端家族的高长恭，金银财宝，那叫事儿吗？他的属下也纳闷，就问他：您这个身份，又受国家的委托，为什么要如此贪心呢？兰陵王有苦说不出啊。他有个属下叫相愿，是个机灵人，一语点破：“是害怕战功过高而震主，所以才做令人看不起之事？”相愿是个聪明人，什么事儿都看得明白，可偏偏有些愣头青闹不清楚。在相愿之前，兰陵王还在瀛州当刺史的时候，有个参军叫阳士深知道了兰陵王受贿贪赃的事，像得了宝贝，不够他嘚瑟的，上表朝廷，检举告发。兰陵王因此丢了官儿。没想到没过多久，他又披挂上阵了，巧的是，在他引兵进攻定阳时，阳士深刚好在高长恭营中听命。这阳士深可吓得不行，自己举报的王爷，回头又做了自己顶头上司，就害怕兰陵王报复自己。兰陵王倒挺客气，安慰他说“吾本无此意”，我呀，没那意思。可阳士深还是心里不踏实呀，怎么办呢？高长恭也是没辙，你既然不受点罚就不踏实，那就只好随便找点小毛病，打个二十大板吧。阳士深被打后，心情果然就舒畅了。

除了不计较个人得失，不睚眦必报外，兰陵王还体贴下属。《北齐书》记载，兰陵王“为将躬勤细事，每得甘美，虽一瓜数果，必与将士共之”。每回得了好吃的，哪怕是一个瓜、几个水果，兰陵王也一定要和将士们分吃。这样的好领导，在北齐暴虐的皇帝和贵族中，几乎是一股清流。

但有时候啊，形势比人强。你看兰陵王事事小心，以受贿自污，大祸还是降临了。北齐皇帝高纬，这是个人渣中的人渣，他干的那些事儿啊，拿笔写出来，都觉得恶心。当这高纬听着《兰陵王入阵曲》，看着士兵对兰陵王忠心不贰，听到各处口耳相传兰陵王的赫赫战功时，心里头对这个堂兄着实有些不痛快：长恭兄弟是带领军队击败了外敌，可他也有兵权呀！长恭兄弟是不问政事，可他口碑好，一呼百应呀！他要是夺我皇位，怎么办？

就这样，猜疑和妒忌的种子，在这个坏蛋的心中迅速发芽生长。

这个北齐皇帝高纬，就是大伙儿看的《陆贞传奇》里，陆贞的对象高湛的第二个儿子、北齐的第五位皇帝，作为皇帝没有什么雄才大略，肚子里倒是一窝坏水，头顶长疮、脚底流脓——坏透膛了。在高纬的混蛋逻辑里，任何得人心的文武大臣，乃至皇族，都极有可能是潜在的篡位者。战功赫赫、为北齐立下汗马功劳的斛律光，就是他害死的。本来高纬跟兰陵王关系还不错，毕竟是一起长大的哥俩，时不时还会拉拉家常什么的。坏就坏在关系好，有时感情上来了，说话就没什么分寸，所谓祸从口出。兰陵王就撞到了枪口上，有一次哥俩在一起闲聊，高纬说："入阵太深，失利悔无所及。"意思是你就带五百人深入敌阵，这万一出点什么事怎么办？耿直的兰陵王居然被感动了，说了一句："家事亲切，不觉遂然。"这番话，戳到了高纬的心眼儿里。

说者无心，听者有意，当时高纬就不乐意了：天下是我高纬的天下，什么时候成了你高长恭的天下了？其实人家不是那意思，但没想到兰陵王这么谨小慎微、如履薄冰，最后还是栽在了嘴上。

武平四年（573），高纬命使者徐之范赐毒药给兰陵王。兰陵王愤愤不平，一肚子委屈。《北齐书》记载：长恭谓妃郑氏曰："我忠以事上，何辜于天，而遭鸩也！"郑妃还挺天真：或许是跟皇上有什么误会，为何不求见陛下呢？史载兰陵王回答："天颜何由可见？"说罢就喝下了致命的毒药。死前，他烧掉了很多别人借钱的凭据，可见根本不是贪财之辈。

没有真正的治国良臣，北齐王朝也就到头了。兰陵王死后四年，北周就攻下了北齐的国都，高氏皇族被尽数屠杀。

耶律洪基

大伙儿都看过《天龙八部》，好看！除了丐帮帮主乔峰义薄云天的形象深入人心，其中有些个分支人物也是颇具特点，比如乔峰的结拜大哥——辽国皇帝耶律洪基，一个雄才大略的政治家，一心想着南侵大宋，一统华夏！

当然了，这是小说演义，历史上的耶律洪基不是这个样子的。

《天龙八部》中有关耶律洪基的记载，最精彩的一段，莫过于全文最后一章。雁门关外，乔峰和虚竹、段誉三兄弟，俘虏了辽国皇帝耶律洪基，乔峰要求按契丹人的规矩，耶律洪基得以彩物自赎。所谓的“彩物”呢，就是耶律洪基承诺，余生不许辽军一兵一卒越过宋辽边界；如果不答应，乔峰就和耶律洪基同归于尽，玉石俱焚。乔峰和“天龙二挂”，也就是虚竹和段誉，那是多么厉害的组合，降龙十八掌、北冥神功、六脉神剑，都是顶级神功。耶律洪基一看手底下将士救不了他，经过权衡，拔出宝刀高举过顶，大声说道：“大军北归，南征之举作罢。于我一生之中，不许我大辽一兵一卒，侵犯大宋边界。”

最后这番恢宏的陈词，妥妥的军国主义形象啊。耶律洪基调遣全国兵马进攻大宋，那是什么概念？据《辽史》记载，辽国兵力极其雄厚：大帐皮室军，也就是俗称的御林军，有三十万骑兵；还有一支叫属珊军的精锐骑兵，也有二十万；其他宫卫兵马也有四十八万，其中骑兵十万。这么一算，辽国的兵力有点吓人！而《天龙八部》的剧情到了雁门关这儿，已经是北宋末期，朝廷上昏君奸臣当道不算，还到处有农民起义，倘若这五六十万骑兵蜂拥南下，北宋真招架不住。大辽举全国之兵伐宋，可见耶律洪基的军事野心，这是金庸先生留给我们关于耶律洪基的关键印象。

除了军事野心，小说对耶律洪基的政治素养也有深刻的描述。《天龙八部》第二十七章，描述乔峰初次见到耶律洪基，一同赴宴时，耶律洪基听到奏报称楚王父子谋反，一点儿不惊慌，反而神色镇定，慢慢举起金杯，喝干了酒，说道：“上京有叛徒作乱，咱们这就回去，拔营！”大军严整有序，毫无惊慌杂乱。乔峰寻思："我大辽立国垂二百年，国威震于天下，此则虽有内乱，却无纷扰，可见历世辽主统军有方。"这里也侧面印证了耶律洪基的军事才能。

后来在对阵中，叛军把耶律洪基的家属都带到阵前，想要胁迫耶律洪基投降。那些年轻的嫔妃一瞧刀架在脖子上，全哭！耶律洪基吩咐手下，把那些哭喊的女人都射死，果然，嗤嗤嗤，箭似飞蝗，把她们全射死了。

这一段，是不是像极了楚汉争霸时，刘邦抛妻弃子，以及项羽威胁刘邦要拿其父煮羹汤，刘邦反而回怼："好啊，到时候分我一杯喝！"这位辽道宗和汉高祖，在危急时刻处理起事情来都是六亲不认，极其相似。

在金庸小说中出现的雄才大略的天子，除了蒙古国的缔造者成吉思汗，以及《鹿鼎记》里的康熙大帝外，可能也就耶律洪基能排上号了。《天龙八部》为什么要以浓墨重彩将耶律洪基刻画为一位雄才大略的君主？这背后的原因到底是什么？

各种说法都有，我在这里谈谈我的一家之言。该书主要是刻画天龙三兄弟，而耶律洪基作为支线配角，主要是衬托乔峰的。比如乔峰从金人手里救了耶律洪基，却不要耶律洪基的官职赏赐，突出了他的义；在叛军面前，从数十万大军的阵营中揪出了楚王父子，突出了他的勇；面对耶律洪基的威逼利诱，坚决反对他南下侵宋，突出了他的仁。这样一位仁、义、勇三全的丐帮帮主乔峰，更容易被读者记住。所以提到金庸小说的侠之大者，大家都公认是乔峰和郭靖。

在《天龙八部》里，辽国皇帝耶律洪基是一位有雄才大略，野心勃勃的政治家，妥妥的一个正面形象。可是在真正的历史上，耶律洪基却和小说中粉饰的英明神武形象截然相反，他的昏庸糊涂几乎葬送了辽国基业。

咱们先说，耶律洪基作为一个家庭的主心骨干出的糊涂事。古人说，齐家治国平天下，如果一个人连家庭都打理不好，谈何治理国家？

耶律洪基在幼年时期就受到其父亲、辽兴宗耶律宗真的着意培养。据《辽史》记载，辽兴宗重熙二十一年（1052），也就是耶律洪基刚满二十岁的时候，他被父皇授予天下兵马大元帅的职务，掌管兵权。同时，辽兴宗还让他协助处理政务，为将来登基做好准备。

公元1055年8月，辽兴宗病逝，年仅二十四岁的耶律洪基“即皇帝位于柩前”，成为辽国的第八位皇帝。1063年，耶律洪基的叔叔耶律重元和他的儿子耶律涅鲁古在皇帝出京行猎的时候发动叛乱，《天龙八部》中，萧峰帮助耶律洪基平定叛乱正是引用了这一历史事件。最终，叛乱被成功镇压，与叛乱有关的人都遭到了清洗。

“重元之乱”平定后，平叛有功的耶律乙辛成了辽国朝廷的中流砥柱。这个耶律乙辛是辽国历史上著名的奸臣，他任人唯亲，大肆收受贿赂，用残酷手段打压政治上的对手。辽国朝廷几乎成了耶律乙辛的一言堂。

耶律洪基作为皇帝，却只在意自己的私人利益是否受损，而对国家大事漠不关心。《天龙八部》中那位雄才大略、野心勃勃的耶律洪基，在真实历史上却是一位忠奸不分、多疑又糊涂的昏君。耶律乙辛在朝堂上作威作福，耶律洪基一点儿都不知道，不过他的皇子耶律浚却不像父皇那么糊涂。耶律浚知道耶律乙辛是个大奸臣，必须找机会把他除了。

耶律乙辛显然也知道皇子的这些心思，这玩意儿，你不动手就是他动手，看谁手快啊，于是策划了一场恶毒的阴谋。历史与汉武帝晚年的巫蛊之祸极其相似——汉武帝听信宠臣江充的谗言，逼得皇太子刘据和皇后卫子夫自尽。而耶律乙辛则诬陷皇后和戏子私通，先后逼死了皇后萧观音和皇子耶律浚。

耶律洪基糊涂啊，不相信妻子，也不相信自己唯一的儿子，反而对耶律乙辛的说辞深信不疑。

单凭一个谗言，就杀死了自己的爱妻和独子，而且不听任何辩解，这是圣明君主能干出来的事吗？这是我要讲的关于耶律洪基的第一件糊涂事。

耶律洪基虽然干了杀妻儿的蠢事，但智商可不低。据《辽史》记载，耶律洪基幼年时品德优秀，才学过人，被立为太子后，父亲辽兴宗专门派遣儒臣教导他，指望他能够成为一代明君。《辽史》上是这么说的：

道宗刚刚登基时，要求大臣直言，还寻访治国之道，劝农兴学，救灾恤患，妥妥的一个好皇帝形象。

后来由于国事繁杂，他慢慢失去了耐心，典型的天生拿着一手好牌，却凭实力打得一塌糊涂的例子。也不知道耶律洪基是吃错了什么药，导致后来历史对他的评价急转直下，说他为人昏庸，忠奸莫辨，沉迷赌博。

《辽史》记载：“帝晚年倦勤，用人不能自择，令各掷骰子，以采胜者官之。”什么意思呢？每天要处理许多政务，让耶律洪基感到非常厌倦，但是重要的职务究竟应该由谁来担任，又必须由他这个皇帝做决定，这让耶律洪基很是头疼。最后，他为了省事，干脆就让大臣们投骰子决定空缺的官位到底由谁来替补：谁掷的骰子点数最多，这个空缺职位就是谁的。在众多大臣当中，尤其以耶律俨掷出的点数和花色搭配最好，对此耶律洪基非常满意，认为他有当宰相的兆头，于是就任命他管理枢密院。

枢密院掌管军国机务、兵防、边备，相当于现代的国防部。好嘛，一个国防部长，由掷骰子就能选出来，是不是也太儿戏了？北宋有高俅靠踢球当大官，辽国也有靠掷骰子当国防部长的，宋辽之争，已从军事领域延伸到体育娱乐板块，耶律洪基这是要将荒唐分出个高下吗？

耶律洪基执政的这些年，残害了结发妻子和独子不说，还把朝堂上下弄得乌烟瘴气，使得整个辽国统治集团元气大伤。到他选定的皇太孙继位时，辽国已经是内忧外患，也注定了辽国最终灭亡的结局。

前边儿咱们说了，在《天龙八部》中，耶律洪基是个不折不扣的战争狂人，在乔峰的威逼之下，他取消了南征计划，使得苍生逃过一劫。然而，历史上的耶律洪基却根本不是这个形象。历史上的耶律洪基是位十分亲宋的辽国皇帝，汉化程度极高，终其一生，从未有过半点入侵大宋的想法，更不消说付诸行动了。

要说耶律洪基，咱先简单说说宋辽的外交关系。公元936年，契丹扶植石敬瑭建后晋，作为回报，石敬瑭认辽太宗耶律德光为“父皇帝”，自居“儿皇帝”，并割燕云十六州与契丹，正是由于占据了燕云十六州的辽阔肥沃土地，契丹改国号“辽”。979年，北宋挟灭北汉之风首伐辽国，在高粱河一役打得不太美丽，大败而回。作为报复，辽军数度越界南下。986年，赵光义再次北伐，由于准备不足，再次大败，名将杨继业战死，北宋从此失去了收复燕云十六州的军事实力，被迫从主动进攻转为战略防御。

1004 年，那位有名的萧太后和皇帝亲率大军南下攻宋，宋真宗赵恒在宰相寇准的“逼迫”下，无奈，御驾亲征。由于双方都对这场战争缺乏必胜的信心，两边儿都打着唬呢，民间有句老话“麻杆儿打狼——两头害怕”，说的就是这宋辽两国。加上辽国大将意外中箭身死，辽国说：得嘞，别打了，有话好商量，主动请和。两国达成澶渊之盟，约为兄弟之国，世代通好。

从1004年宋辽缔结澶渊之盟起，一直到1120年宋金秘密缔结“海上之盟”、相约夹击辽国，这116年的岁月，宋辽这两个屹立在世界东方的大帝国基本保持着友好往来的局面，算得上是天下太平。

所以说，宋辽两国一直睦邻友好，互不交兵，以兄弟之国交往，根本没有耶律洪基处心积虑、铁骑南下这么一回事儿。耶律洪基还是一个十分向慕宋朝的皇帝，他本人是宋仁宗的忠实粉丝，对宋仁宗赵祯无比崇拜。据北宋诗人陈师道在《后山谈丛》中记载，1063年，宋仁宗驾崩的讣告送到辽国，耶律洪基抓着使臣的手放声大哭，边哭边絮叨："有他在世，我们已经四十二年未见烽火狼烟。"马上下令，为宋仁宗赵祯建衣冠冢，百姓都去祭拜——其实不用耶律洪基下令，契丹百姓早已哭声震天了。

这个事儿也表明，耶律洪基是个热爱和平的皇帝，如此亲宋的一个人，又怎么会时刻以南侵为己任呢？

列举了那么些耶律洪基不为人知的一面，其实我还想再唠叨一句夫妻关系。当前离婚率居高不下，很大的原因就是夫妻有了矛盾不能沟通，你有你的道理，我有我的道理，一矫情，最后得了，一拍两散！您看，耶律洪基不就是吗，听信谗言，你倒是找人问问去啊！或者跟媳妇儿坐下来谈一谈，矛盾完全可以消除。可他没有，一听流言就急了，火冒三丈，把人给杀了。所以，当下的夫妻要以此为鉴，平时多多沟通，好好交流，把日子过好。

公主恨嫁

一说公主，您大概就会想到宫廷剧，公主一个个活泼可爱，娇纵任性。不过，电视剧毕竟是电视剧，实际上，公主的生活没有剧本设计的那么美好。

您想啊，以前是封建男权社会，公主没什么机会外出干事创业，只能依靠皇帝，皇帝靠谱还好，皇帝一旦不靠谱，公主的日子就不好过了！尤其是在明朝，一大串儿皇上不靠谱，防止外戚专权的政策又一大堆，好多公主的生活是既悲催又奇葩，甚至成了闹剧。拿咱们现代的标准衡量，公主是官二代、富二代，举国上下待嫁的女孩儿里面，就属公主的身份最尊贵。既然尊贵，婚姻怎么能成为闹剧呢？

说公主是皇帝的女儿，咱都知道，但是，皇帝的女儿为啥叫公主呢？根据《明史》记载，古代的天子嫁女儿，自己不会去主婚，而是让同一个姓氏的诸侯当主婚人，所以天子的女儿就叫“公主”。

不过，皇帝的女儿也不是一出生就是公主。“公主”这个称呼其实像官名儿一样，是个封号，一般来说，什么时候闺女快出嫁了，皇帝老爸才会拟定公主封号，让礼官制金册，刻一个公主的金印，再举行个正儿八经的册封仪式，公主接受了金册和金印，拜谢皇帝皇后诸位嫔妃后，才真正算是公主。

这不，《明史·嘉礼》里就记得明明白白，“公主出降”，行“纳采问名”这个礼数的时候，礼官才会宣布皇帝第几女、封为某公主。明太祖朱元璋有个女儿临安公主，嫁给了开国功臣李善长的儿子，在公主下嫁前两天，朱元璋才下令册封公主。

天子嫁女，排场自然非同凡响。大喜之日，驸马要亲自去宫中拜见谢恩，拜完了皇帝老丈人后，先骑马回家，在门口乖乖候着。驸马刚走不一会儿，就从宫门里浩浩荡荡涌出一群贵妇。明代的贵妇呢，也就是公侯百官中有诰命的女眷，她们负责把公主送到驸马家。虽然是皇婚，也要守着娶媳妇儿的规矩。公主到驸马家的第一件大事，就是和驸马一起进祠堂祭拜。驸马告诉老祖宗们，我娶媳妇啦，媳妇还是个公主……拜完驸马家的列祖列宗，接下来就要进洞房啦，入洞房后的程序和老百姓的普通婚礼差不多，要合卺，也就是喝交杯酒，然后公主驸马互相拜一拜。

第二天，公主成了新媳妇，照例要拜见公婆。按照规矩，公婆坐在东边，公主站在西边，向公婆行四拜礼，就是拜四次。和普通媳妇不一样，公婆受了公主媳妇的礼后，还要拜两拜回礼。

皇帝的女儿嘛，金枝玉叶，就算肩不能担，手不能提，也得锦衣玉食过一辈子。当然了，这个锦衣玉食不能单靠皇帝的赏赐，万一哪天皇帝事儿多忘了，公主也不能敲门要去。

明朝的开国皇帝朱元璋，早就制定好了薪资制度，只要你流着老朱家的血，这辈子就甭为了吃饭操心。这位当过和尚、做过贼，草根出身的皇帝，为宗室子女制定的薪资标准，很实惠，不发钱，直接给粮食。公主挣多少钱呢？一年两千石禄米。至于这个“石”等于多少斤，沈括在《梦溪笔谈》里算过，一石等于92.5斤，这个斤是宋朝的标准，换算成现在的标准，一石等于59.2千克。一年365天，这公主的薪资平均到天，一天得五石多，也就是大约300千克粮食。

老丈人是皇帝，媳妇儿还自带高工资，娶公主的标准一定不低吧？这您可想错喽。在大明朝，防止外戚专权的制度相当严格，自太祖朱元璋、成祖朱棣之后，公主几乎只能嫁给平民。不过，这平民娶了公主，倒是能得到个官职：驸马都尉。按照太祖朱元璋定下的制度，外戚不得干政，公主出嫁也必须遵从祖制，只能嫁给门第不高的良家子，以防公主夫婿权势过大，干预政事。选驸马时，礼部要公开张榜，凡在京官员、军民子弟，只要是年龄在十四岁到十六岁之间，容貌整齐、行为端庄、有教养的，都可以参加报名，由“司礼内臣”也就是司礼太监先行海选，选出三位候选人，最后由皇帝亲自定下一人儿。至于公主嫁得好不好，这要看皇帝爸爸或皇帝兄弟上不上心。皇帝一旦不靠谱，公主的日子就完啦。你想啊，娶公主这个买卖，太合适了！等于迎回家一座大粮库，还是永不放空的。权、财、色动人心呐，再不是官儿，她爸爸、他老丈人是皇上，这还了得吗？利益驱动下，在明朝还真有胆大包天，去骗公主的婚。有人说，这玩意儿能成功吗？胆小不得将军做，什么事儿都有可能发生！

有人说了，选驸马的流程看上去很公平呀？您记住了，凡是人能控制的，都可以做手脚。明朝中期，太监专权，借着选驸马的由头大开方便之门，谁家给的钱多，谁就能中选。

给您举个例子。明孝宗弘治八年（1495），有一个大太监叫李广，负责给德清公主挑驸马。京城有位土豪叫袁相，送给李广一大堆金银珠宝，“重贿”，就选上了，还订下了婚期。万幸，科道官发现了这个事儿，没到婚期就向皇帝告了一状。婚是结不成了，但李广也没什么损失，皇上把手下的小太监骂了一顿，这事儿就算拉倒了。

太监不负责任，礼部选婚总成了吧？也不好说，这儿还有个例子。明世宗嘉靖六年（1527），永淳公主到了适婚年龄，礼部照例报上三个候选人，嘉靖皇帝挑了排在第三名的余陈钊，这个小伙子是驻守永清（今河北廊坊市永清县）的卫军，当兵的。驸马刚定下，事儿又来了。听选官余德敏发现，这小伙子的爸爸“家世恶疾”，也就是有严重的家族遗传病；小伙子的妈呢，是“再醮庶妾”，不是正室不说，还是个再婚的。这个要命，这出身不行！皇上一听，赶紧换一个！这一次换了个叫谢诏的小伙子，谢诏还不错，没啥大毛病，就是没文化。这倒不要紧，谁也不是天生有学问的不是？谢诏成婚二十多天后，嘉靖皇帝给他找了个师傅，专门教他学习经书。打这儿起，朝廷又多了个官职——驸马教习，专门负责教驸马读书认字儿……不过，谢诏长得有点对不起观众，头发稀疏，连发髻都梳不起来。永淳公主换驸马这桩宫廷八卦，被京城百姓毫不客气地笑话了一顿，编了一段《十好笑》的歌谣，这桩事儿，在里边位列第十："十好笑，驸马选了个现世报。"

谢诏虽然没啥文化，长得也挺抱歉，好歹人家和公主生活稳定，"富贵者四十余年"。可接下来这位公主就悲催了。万历十年（1582），明神宗为妹妹永宁公主启动了选婿程序。可惜，哥哥是好哥哥，司礼太监冯保不是个好太监。他收了一户梁姓人家的贿赂，将梁家病危的儿子梁邦瑞选为驸马。公主与驸马行合卺礼的时候，驸马鼻血长流，站都站不稳。这不露馅了吗？您可别低估大明太监瞒天过海的能力，这不，太监们你一言我一语，有说婚礼见红好的，有说红色吉利的，轻轻松松就把这件事遮掩过去了。婚后不久，梁邦瑞一命呜呼。公主呢，独居了几年后郁郁而终，到死都是处子之身，"不识人间房帷事"。

永宁公主的不幸婚姻毕竟是个例，大多数公主都与驸马白头到了老。但是，白头到老也不一定幸福美满，原因呢，是因为大明的一项惯例——每位公主下嫁时，要带老宫人陪嫁。其实，老宫人陪同公主去夫家，本意是为了更好地侍奉公主，但是一些宫人却倚老卖老，公然发起了驸马财。公主嘛，毕竟是金枝玉叶，驸马虽然是丈夫，也得遵守君臣礼节，经过宫人通传后才能见面。想见公主？驸马得掏钱“孝敬”宫人，有时候掏钱也未必管用，有些老宫人依仗自己伺候过皇妃，气焰嚣张啊，根本不把驸马放在眼里。

寿宁公主下嫁后，神宗命她五天就入宫觐见一次，可以说是十分受宠了。万历四十年（1612），寿宁公主想丈夫了，派人宣召驸马冉兴让来见自己，可是冉兴让到得不凑巧，正赶上公主的陪嫁宫人梁盈的女儿和宦官彭进朝在饮酒取乐。梁盈的女儿跟彭进朝喝着喝着酒，一抬眼看见驸马，生气了——太没眼力见儿了，怎么就赶着我们喝酒的时候你来呢？让宦官们一拥而上，把驸马打得鼻青脸肿、衣衫破碎，赶了出去。寿宁公主不干了，准备进宫向母妃郑贵妃告状。可梁盈恶人先告状啊，先去觐见了郑贵妃，加油添醋地把责任推到驸马身上。彭进朝把持了前朝，驸马八天内上疏三道陈情，都给扣下来了。结果，寿宁公主要见母妃诉苦，却被郑贵妃拒之门外；神宗还命令驸马去国子监反省了三个月，这两口子吃了哑巴亏。

寿宁公主和驸马虽然吃了哑巴亏，好歹还能相守到老。

明太祖朱元璋有一位宁国公主，婚姻就悲剧了，驸马死了不说，还死得不明不白。

宁国公主是孝慈皇后所生，正儿八经的嫡出，身份尊贵。这位孝慈皇后，就是著名的大脚马皇后，和太祖朱元璋共经患难，伉俪情深，她生的子女也格外受到太祖宠爱。洪武十一年（1378），明太祖把宁国公主嫁给了汝南侯梅思祖的侄子梅殷。

朱元璋在十六个女儿的驸马中，最喜欢的就是这个梅殷，还颁布过密令，让他辅佐皇太孙朱允炆。朱元璋过世后，皇太孙朱允炆即位，这就是明惠帝。如果没有燕王朱棣谋反这桩事儿，梅殷一准儿是当朝重臣，与宁国公主也能顺当到老。可惜的是，这人生没有如果，燕王朱棣还是轰轰烈烈地谋反了。

眼见亲叔叔打着“清君侧”的名号，实际一准儿是要宰了自己，朱允炆没办法，派姑夫梅殷去镇守淮安。燕王的兵马节节胜利，派使者去见梅殷，说要去京城进香，向梅殷借个路。梅殷也是耿直：“进香？皇考有禁令，不遵守就是不孝。”朱棣也没办法，拿妹夫没辙，换了条道儿，杀入京城。

等到朱棣篡了位当了皇帝，梅殷仍然遵从明惠帝的命令，在淮安驻守着一动不动，也不去巴结新皇帝。不过朱棣技高一筹，他逼着妹妹宁国公主写了封血书送给梅殷。梅殷见了媳妇儿的血书，痛哭一场，返回了京城——没办法，大舅哥朱棣当了皇帝，媳妇儿孩子都在人家手里攥着，不服软能行？

入宫觐见新皇帝时，朱棣笑脸相迎："驸马辛苦了。"这梅殷也是愣："确实辛苦，不过徒劳无功啊！"怼得朱棣是一点儿辙也没有。随后，朱棣把拥护惠帝的老臣杀得干干净净。可驸马梅殷怎么办？眼不见为净吧！永乐二年（1404），安了一个罪名，把梅殷一家子送到了辽东。永乐三年（1405）十月，梅殷回京城觐见皇帝的时候，被前军都督佥事谭深和锦衣卫指挥赵曦盯上了，推到笪桥下面淹死了。俩人向上奏报，说驸马梅殷投水自杀。得到丈夫的死讯，宁国公主第一个反应就是皇上杀的！进宫拉着朱棣的袖子哭，问：驸马呢？！朱棣说，我给你找！把谭深和赵曦处死，并断了他们的手脚，挖出他们的肠子，祭奠梅殷。又把梅殷和公主的儿子封了官。

其实谁都看得出来，驸马被害这事，要是背后没人指使，那俩人谁敢啊？公主也是心知肚明，可生在帝王家，哥哥心狠手辣，也只好自认倒霉。

瞅瞅，连公主也愁嫁，这就难怪现在的好多姑娘恨嫁、晚嫁，甚至不嫁！

俗话说，爹有娘有不如自己有，靠天靠地不如靠自己。现在的姑娘多有本事，会写的会算的，会唱的会跳的，会化妆的会直播的，是不是？自个儿有能耐，挑对象就底气十足，挑什么样的随您心气儿，比明朝那些公主强多了！

大臣过节

跟大伙儿聊一聊幸福。

幸福这事儿，见仁见智。有人觉得吃就是幸福。早晨一睁眼，各种早点足吃足喝；中午继续，山南的海北的，川菜鲁菜粤菜猛吃一顿；晚上也不含糊，大鱼大肉；睡前夜宵，烧烤、甜点、凉啤酒，一通足吃。什么功名利禄、酒色财气全不用，让我吃，就是幸福！除了肠胃遭点罪，其他的没毛病。

还有人觉得，喝酒就是幸福。喝酒也分多种。一种是三五知己聚在一块儿，慢慢儿喝着聊着，袒露心事；有的呢，爱喝急酒，大杯的酒拿起来咣当咣当，痛快；有的喝得慢，不为喝酒，就为聊天，反正一沾酒就开心。

还有的呢，觉得出去唱歌去，找一歌厅，弄俩果盘儿，一唱，一喝，高兴！反正每个人的兴趣不一样。

还有一种幸福，叫过节公司发福利！每到节日，咱们就发现不少网友在晒自己的福利，什么礼盒、电影票、桶装油、大米，五花八门，应有尽有。从古至今，在春节、中秋等传统节日，我国都有发节日礼的习俗，礼品无论多少，都饱含着一份浓郁的亲情、友情。说到节日福利，您说古人过节发不发福利？发什么？发多少？

曾国藩，各位都熟悉。据说，曾国藩平定太平天国后，在南京重建了钟山学院，聘请了一位大儒当校长。曾国藩对待太平军有些血腥，但对待知识分子还是很不错的。他聘请的这位钟山学院的校长，年薪高达九百八十四两白银，除了正式工资、伙食补贴外，还有过节费。所以您看见了吧，不光现代，连清朝人都有过节费。那么问题来了，过节费到底产生于什么时候？

翻阅史书，我查到这么一个细节。《周礼》记载了一个官职，叫“小宗伯”，这个官员的职责有掌管衣服、马车、旗帜，还有公家的福利。由此可见，早在周代，政府就设置了专门的职位，打仗打赢了发赏赐，重大节日也发过节福利。

过节费第一次明确记载于史书，是在东汉。西汉末年，王莽篡汉，建立新朝，天下大乱。作为汉室宗亲，刘秀起兵推翻了王莽，建立了东汉，历史上称为光武帝。光武帝的名气不得了，他开创了中国历史上“风化最美、儒学最盛”的“光武中兴”时代。如果要讲“光武中兴”，那不是一时半会儿的工夫能讲清楚的，咱单讲刘老板是如何给员工发过节费的。

众所周知，中国是农业大国，老祖宗以农耕为本。那个时候的节日和自然节气相关，尤其是汉代，官方规定的节日就有十多种。在这些喜庆祥和的日子里，皇帝会给政府公务员一定的奖励。作为创业者，刘老板深知员工的忠诚度以及工作积极性对公司的发展有至关重要的作用，因此想到了一种特殊的笼络方法。

刘老板挑了两个重要的节日，定期给员工发过节费，这两笔过节费的名目叫“腊赐”和“春赐”。顾名思义，就是在腊月和立春发福利，依照员工级别的不同，数额也不同。腊月，挑一个好日子，光武皇帝刘秀坐在龙榻之上，面带笑容，给员工派发放过节福利。那些开国元勋、王公重臣，跪坐在下方，等着他们的刘总发节日福利，领完物资回家高高兴兴过节。

这时候，大太监走出来，清了清嗓子，开始念皇帝的圣旨：“大将军，发放过节费三十万枚五铢钱、牛肉两百斤、粳米两百斛；太尉、司徒、司空与大将军福利相同……侯爵发十五万枚五铢钱，大臣发十万钱，校尉发五万钱。”

三十万枚五铢钱、两百斛粳米，您听着没什么概念，但是这两百斤牛肉是不是听着特实在？牛肉挺贵，咱们现在普通人家一次买个十斤八斤就了不得了，这大将军一人就发两百斤牛肉？跟现在的货币对比，一枚五铢钱约等于人民币八毛钱，一斤牛肉大概是人民币四十块，一斛粳米折合人民币一百六十块。大将军的过节费折合成人民币是差不多三十万元，在当时相当于他一年的工资了。这件事记录在《汉官名秩》，一本专门记载汉朝制度的史书上，但仅仅记录了中央官员的过节费，地方上的没说。

1930年，一名瑞典学者在甘肃对一处汉代遗址进行调查发掘，出土了一万余枚竹简。这批竹简被称为“居延新简”，填补了很多历史记录的空缺。据竹简记载，在腊赐当天，边疆哨所的军官会领到八十枚五铢钱，普通士兵一人能领到半斤肉。当然，过节费可不止这一笔。在立春当天，刘老板还要发一次红包，这次不发钱和粮食，改发丝帛。大将军发六十匹，司徒、司空发三十匹，校尉发三十匹……在那个时代，布和钱是等价的，都是硬通货，所以您别以为皇上发布就是小家子气。

从这两笔过节费来看，腊赐明显要高于春赐，毕竟腊月接近年关，为了让员工过个肥年，过节费肯定要高于后者。腊赐的范围也更大一些，甚至基层官员也有份，只不过数目很小而已。除了这两笔主要的过节费，其他节日皇帝也发。《汉书·贡禹传》记载，贡禹这个人当上了谏大夫，除了固定工资，皇上每逢节日还会发过节费，有棉絮、衣服、酒肉、瓜果等。由此可知，汉代的节日福利制度已经非常完善了。

讲了古代过节费的产生，那么过节费又是如何演变的呢？不同的朝代不一样。唐代是中国封建社会的鼎盛时期，相应地，它的节日也特别多。据唐代《假宁令》统计，唐代的官方节日有四十七天。比如，唐朝帝王为了表示皇位的正统，追溯到李耳，也就是道家创始人老子为先祖，把老子的诞辰日称为“降圣节”。唐玄宗的时候，他又把自己的生日列为节日，称为“千秋节”。

由于唐朝十分重视节假日，这也大大促进了节日的兴盛发展和经济消费。大唐的官员们在假日不仅可以休假娱乐，还可以拿到单位发放的过节费，诗人元稹为此还专门写诗，很嗨，大致意思就是放假了，公家发过节费啦！唐德宗的时候，每逢重要节假日，所有官员会发过节费一百贯至五百贯不等，而且朝廷必须在节前五天支付。由此看来，经过汉朝的发展，过节费在唐朝已形成定例。

咱们提过很多次宋朝。不管是北宋还是南宋，虽然军备松弛，与辽、金、蒙古等是屡战屡败，但经济却是当时的世界第一，官员的工资也是高得离谱。

以我们熟悉的包拯包青天来说，据《宋史》记载，他任职开封府时的基本工资包括了薪资、餐补、茶补、取暖费、招待费、岗位津贴等，全部下来一年差不多有万贯，相当于人民币五六百万元之多。

虽然工资高，但比起东汉、唐朝那些名目繁多的过节费来，宋朝的过节费似乎就显得有点寒酸。按照北宋的规矩，春节作为最重要的节日，皇帝要大宴群臣，加强与官员们的感情。春节的宴会通常在皇宫大庆殿举行，在京大员都要参加，赐宴是皇帝给官员的第一项福利。在赐宴期间，皇帝就要给官员发过节费了，按照官员品级，宰相、亲王等官员会发五只羊、两石米、五石面、两坛黄酒，另外还有油饼六张、大枣蒸饼一个、猪肉二盘、白酒三坛。学士等官员发三只羊、一石米、三石面、两坛黄酒。级别低的官员在此基础上依次递减。

除此之外，皇上在除夕还会赐予官员其他年货，比如门神、桃符什么的，有时候兴致来了还会写首诗当过节福利发放。比如在公元994 年，宋太宗赵光义就在元旦的时候写诗赐给大臣。您瞧见了吗，包拯贵为龙图阁学士，虽然一年的工资有五六百万元人民币，但过节费只有米、面、肉和几坛酒，比起他的工资来说，这过节费真是低了去了。但在我看来啊，宋朝人过节费低，是因为他们完全不需要靠过节费获取快乐，怎么呢？他们工资挣得多啊！您要是一年轻轻松松挣个几百万，还在乎过年那两桶油吗？

这些年，电视剧里的清宫戏特别多，大家也都成了资深的清宫密史专家。在过节费方面，清朝发放的种类在前朝的基础上已经发展得十分丰富了。

我记得在一部清宫剧里有这样一个镜头：到年关了，大臣要来给乾隆皇帝祝贺节日。磕头行礼罢，说了一通吉祥话之后，皇帝就赐了他一个荷包，说了些勉励话，仪式就算结束了。这个镜头其实并非编剧杜撰，而是有史可考的。

《西清笔记》是清代一部记载宫廷密闻的笔记。据记载，每逢冬至，在南书房、如意馆、升平署等部门上班的人都能领到几张貂皮。大臣们还会得到皇帝赏赐的“福”字一幅、“岁岁平安”荷包一个。福字、荷包虽然有点形式主义，但既然受赐于皇上，自然意义非凡，百官还是会引以为荣，格外珍惜。

如果以为这个荷包只有象征意义，那您就错了。会玩莫过于清朝皇帝，就像现在商店的福袋一样，皇帝把奖励装进不同的荷包里，大伙儿事先也不知道自己会拿到什么。荷包里面究竟有什么呢？大的荷包是赐给亲王的，一般装有各色玉石八宝一份；小荷包分四对，通常装有金银八宝各一份；至于给小官的，一般装有金银钱四枚、金银锞四枚。

聊了这么些朝廷官员的过节费，那么普通百姓过节又能拿到什么呢？咱们举一个民国的例子。那个年代，商店的伙计、作坊的工匠、公司的职员、当铺的朝奉，一般也都能拿到过节费。过节费有现金和实物的区分。比如学徒一般是没有工钱的，老板只管食宿，不给工资，但过节费得给。碰到大方的老板，有的学徒能拿到二三十块大洋的红包；小气点儿的老板则会摆上一桌好菜，让学徒痛快地撮上一顿，算作过节奖励。

说完了不同历史时期，不同的过节费发放，有朋友也许会好奇：这些费用都是从哪来的？是纳税人的钱吗？也不尽然。高级官员的过节费自然由纳税人承担，但是小官小吏的过节费，则需他们自己想办法创收。创收方式五花八门，有卖文具的，甚至还有放高利贷的。

比如秦汉时期，当时的公文写在竹简上，传递过程中用口袋把公文装起来，再糊上胶泥，盖上公章。另一个部门收到这个口袋，剥掉胶泥，把公文倒出来，装公文的这个口袋就成了废品。那时候装竹简的口袋有皮质的，有丝织的，也有麻布的，都能卖钱。官员攒的口袋多了，运到市场上卖掉，过节费就有了。

唐朝和宋朝呢，有一段时间允许各州府衙门向民间放高利贷。高利贷的本金，有朝廷拨的，也有官员们自己凑的。获得的利润，国家财政抽小头，地方留大头，其中一些钱就用来给官员发过节物资。当然，各个朝代都严禁官员私下收受过节物资，管控手段也不尽相同。

正是因为有古时候过节费的各种案例，我们现在的人，才能享受到这笔薪资之外的福利。祝大伙儿都能领到不错的过节福利，欢度佳节！

古代延迟退休

“延迟退休”这事儿，最近两年炒得挺火。本来六十岁可以退休，延迟五年，就是六十五岁才能领退休金。70后不用担心这个问题，但是80后基本上是板上钉钉的事了。

目前我国的退休年龄标准，是在中华人民共和国成立初期，人均预期寿命三十五岁的情况下制定的。现在呢，人均预期寿命已经超过七十七岁，所以才有了延迟退休。在古代，退休同样是个重要话题。老祖宗多大岁数退休呢？能领到多少退休金？他们那会儿有没有延迟退休一说？咱就聊聊这个有意思的话题。

在春秋战国时期，退休被称为“致仕”。什么是致仕呢？根据《春秋·公羊传》的说法："退而致仕，还禄位于君。"通俗地说就是把官职还给老板，自己退休养老去。但不是人人都享有退休的权利的，得是当官的才行，其他阶层没有退休这一说。比如我们说相声的，穿越到古代，甭管到什么朝代，只能眼巴巴地看着当官的领钱，自己只能看看热闹。

《礼记》记载："大夫士七十而致仕。"就是说官员七十岁退休，这说明早在周代就规定了退休年龄。到南北朝时期，退休被写入了法律，七十岁必须退休。

西汉时期有位大儒叫韦贤，是很有才华的一个人。当时，汉武帝采纳董仲舒"罢黜百家，独尊儒术"的意见，设立五经博士，极力推尊儒学，韦贤因为文章出众，就出来当官了。汉宣帝即位，韦贤又被赐爵关内侯，很受敬重。

公元前67年，韦贤七十多岁，觉得身体吃不消了，给皇帝上书请求退休。皇上也觉得这老头确实到年龄了，就准了，赐给他一百斤黄金和一处住宅。这个故事记载在《西汉会要》中，韦贤也成了历史上第一位退休的丞相，开了丞相退休的先河。

到了明朝，《明太祖实录》记载，朱元璋当了皇帝以后，对旧的人事制度做了较大的调整，其中就把官员的退休年龄提到了六十岁。

但是他规定的退休年龄没有一直贯彻下去，他的儿子朱棣，也就是永乐皇帝，登基后还是恢复了七十岁退休的古制。到明孝宗时期，出现了类似今天“内退”的规定，凡主动提出退休的官员，没有年龄限制，哪怕三十岁申请退休也能被批准。

古代虽说有退休制度，但制度归制度，许多时候各朝皇帝都有弹性，不怎么按制度办事，官员到了退休年龄，皇帝照样强制延迟。

大家对郭守敬这个名字应该不陌生，元朝著名的天文学家、数学家、水利工程专家。他制定了通行三百多年的《授时历》，是当时世界上最先进的历法。郭守敬还在全国范围开展天文测量，最北边甚至到了今天的西伯利亚。

郭守敬一直兢兢业业地工作，到了七十多岁，终于熬不住了，申请退休，但就是得不到批准，皇上觉得他有才啊，舍不得放人。最后，郭老八十六岁的时候病死在岗位上。这样的例子太多了。

聊完了退休年龄，再说说退休金。汉朝规定，官员七十岁时，达到年薪两千石者，退休后可领取在职时工资的三成作为退休工资；年薪没有两千石的官员则没有退休工资。这么说吧，只有市长以上的官员才能拿到退休工资，再结合七十岁这个门槛，能够拿到退休工资的其实凤毛麟角。

西汉有个御史大夫叫薛广德，御史大夫位列三公，俸禄两千石，工资非常高。薛广德给皇上打工干了一辈子活儿，终于到了退休年龄。皇帝为了表彰他的功绩，专门给他送了一辆高级马车，外加六十斤黄金。

这个黄金可不是黄铜。秦汉时期，黄金是主要的流通货币，当时的黄金之多，令后世惊奇。但到了东汉年间，黄金突然消失，直接退出了流通领域。那么，西汉时那么些黄金到哪儿去了呢？后世学者有种种的推测和考证。一种说法是，佛教传入中国后，塑像涂金，还化金为水写经书，导致黄金越来越少；还有的说法是通过对外贸易大量输出到了国外；还有的说应该是埋葬于地下，您比如海昏侯大墓，出土的黄金不计其数。

因此，六十斤黄金，就算是一次性补助也是非常可观的，相当于现在一千多万人民币，别说养老，拿来创业都可以。

唐代大诗人白居易，大家都知道，《长恨歌》《卖炭翁》《琵琶行》，都是他老人家写的。都知道他写诗写得好，但很少有人知道，他的退休金也很可观。

公元803年，三十一岁的白居易考上了公务员。为了纪念自己的第一笔工资，白居易写了首诗晒朋友圈：“俸钱万六千，月给亦有余。”刚参加工作就能拿到这么高的薪资，可见白居易当时的生活是比较滋润的。

退休后，白先生的工资依然不低。当时唐朝对五品以上的退休官员发放一半的工资作为养老金。白居易退休在家，颐养天年，算了算自己的养老金，眉开眼笑地又发朋友圈了：“寿及七十五，俸沾五十千。”由此可见，白居易这辈子工资一直在涨。

说完白居易，再跟大伙儿聊聊当时的退休金制度。唐朝实行的是差别化退休工资制，正部级公务员退休后享受在位时的全部薪资，五品以上官员享受在位时一半的俸禄，六品以下没有退休金，但为了解决他们的养老问题，政府会发放一定的土地作为补偿。

清朝对退休官员的待遇也颇为优厚。《大清五朝会典》记载，官员退休之后，按级别给予不同的退休金，退休金的多少与官员在任时的工资挂钩。三品以上官员，退休后能继续拿工资吃饭；三品以下官员，退休后可以领一半工资；但官员被革职或者受处分的没有退休金。跟现在一样，被开除了公职就没有退休金。

除了退休金，清朝皇帝还会不定期给退休官员发养老补贴，赏赐金银、貂皮、布帛、田地、诗词等。康熙三十六年，大臣赵良栋病重，皇帝“特赐人参、鹿尾”。道光年间，退休官员李星沅死了之后，“赐金治丧”。

最后，咱再补充两句。古代退休制度主要是对当官者而言的，普通公务员退休就没这么多讲究了，直接卷铺盖走人，谈不上退休，也没有现代的养老金制度全覆盖一说。归根结底，古代政府对养老金的投入，是与孝文化紧密联系在一起的。

说一千道一万，“孝”字最早出现时，上面一个“老”，下面一个“子”，后来写的时候把“老”字的下半部取消了，就是现在的“孝”。老祖宗发明这个字，寓意是孩子小的时候，父母在上面给孩子遮风挡雨；孩子长大了，父母老了，孩子在下面背着父母，这就是“孝”。孝文化是中国传统文化的核心，其重要内容就是要尊老、养老。当下，养老越来越多地依靠完善的社会保障制度来解决，但纵观古今，无论是国家制度还是子女的赡养、孝敬，孝道文化和敬老的精神内核始终是一脉相承的。

说了好多古人退休的事儿，其实对我们来说，就谈不到了。说相声的，说书的，唱戏的，也没有退休一说。可能京剧唱武生老了得退休，说相声、说书的，只要脑子不糊涂，嘴还利索，八九十、一百二上台，也行！

史上最牛钉子户

跟您聊聊古代那些抗拆迁的钉子户。现在这钉子户也有，但现在的补偿力度大，网上有一个顺口溜："房子一移，兰博基尼；房子一扒，帕拉梅拉；房子一动，览胜运动；拆字一喷，立提大奔；房子不动，还骑电动！不羡鸳鸯不羡仙，只羡房子画个圈；拆字写在圈中间，从此快乐每一天。"也不知道谁设计的，估计是一唱快板儿的他们家给拆了。拆迁改变命运，说得好像很有道理！

在古代，拆迁可是个大麻烦，中国人自古以来安土重迁，轻易不会让人拆了老宅搬家，这种观念，首先就是一颗钉子。此外，拆迁的状况繁多，不管是城市建设、战争导致的大迁徙，还是王公贵胄建豪宅，又或者是朝廷有意清理一些住户，都免不了要拆迁，得到的补偿极其有限，也免不了出现一些拒不搬迁的“硬茬”，就是我们说的最牛钉子户。

什么样的钉子户最牛呢？首先，这个钉子户得态度坚决，绝不妥协，给多少钱都不干；其次呢，这钉子最终没有被拔下来，不管遇见多大的权威，哪怕是皇上，也毫不妥协地守护自己的宅子或者一亩三分地。这当中，有个人魄力的成分，但更多的是靠运气。历史上，有这种运气的钉子户可不多，这里给各位讲三个生逢其时的最牛钉子户。

第一个很牛的钉子户叫逢于何，齐国人。《晏子春秋》记载：“景公路寝台成，逢于何愿合葬，晏子谏而许。”讲的是逢于何父亲的坟地让齐景公占去建宫殿了，这宫殿很有名，叫路寝台，史书上讲得很多。后来逢于何母亲也去世了，原来的坟地被建成了宫殿，他没法合葬父母，就拉着灵车在大街上哭，最后硬是通过丞相晏婴，把母亲也埋到了齐景公的宫殿里。

齐景公肯定不同意啊：我新建一宫殿，你上我这儿埋人？这不像话，睡不踏实！搁谁身上都受不了啊，别说是一国之君了，来个卖白菜、摊煎饼的也不干呐。这时候，宰相晏婴就给齐景公掏心窝子，劝他：“古代的君王，他们的宫殿建得很节制，不侵占活人的房子；他们的楼台很简朴，不侵占死人的墓地。您得做个仁君，保存国家的正道。”齐景公这才答应了逢于何的要求，表现出了一国之君的气度。

有意思的是，后来晏婴本人也遇到了强拆。《吕氏春秋》中记载了这个故事，说的是齐景公出于好意，觉得宰相晏婴住的地方太破，环境也不好，就想给他在原地盖一套豪宅。可晏婴说这不行，我在这盖豪宅，好多邻居怎么办呢？一定会破坏别人家的宅子，坚决不同意。后来有一次晏婴要出差，国家派他出使晋国。回来的时候，发现齐景公已经给自己盖好了豪宅，邻居家也都被安置到别的地儿了。晏婴非常生气，找人来把豪宅拆了，用拆下来的材料按原样把邻居的房子又造好了，然后把原来的老街坊请了回来。

晏婴的意思是，大伙儿跟这儿住习惯了，没有人愿意搬家，没必要因为自己盖个豪宅，就硬让街坊邻居挪地方。这个觉悟，真的是世间少有，值一千万个赞。

在古代有凭一己之力做钉子户的，集体做钉子户的也不是没有。比如说，少林寺就曾经抗旨不遵，联合起来抵制唐高祖李渊的强拆。

据传说，皇帝李渊为了解决土地兼并严重的问题，下了一道圣旨，责令拆毁少林寺，解散众僧。

接到诏书，少林寺上下好几百个和尚呢，一致不肯服从。看过电影《少林寺》的都知道，少林十三棍僧救过秦王李世民，这是有真实历史背景的。另外，少林寺还为大唐平定窦建德和王世充立下过大功，因此受到李世民的嘉奖，给少林寺拨了四千亩地。这时候，少林寺就在十三棍僧的率领下，以少林寺虽处在拆迁范围内，却对大唐有功并曾解救秦王李世民为由，硬是抗旨不遵。

唐高祖李渊也没辙，就默认了少林寺的功劳，也默许了把少林寺留下来，但是把秦王赐给少林寺的四千亩寺田收回去了。这样呢，反正和尚们日子挺难，断炊了嘛，没了基本的生活来源，跟现在断水断电的情况差不多。再后来，少林寺的后台大老板秦王李世民当了皇帝，少林寺才又被重新赐地四千亩。

可在古代，拆迁这事儿大多数情况下真由不得你，好一点的主儿会跟你商量商量，皆大欢喜当然最好不过了。但钉子户如果太不知变通，那就只能被迫妥协了。

有这么一个人，各位可能有知道的，有不太熟悉的：郭解。他是汉武帝时期的游侠，在《史记·游侠列传》里边，司马迁重点讲了郭解这个人物，其中就有一个他遭遇拆迁的小插曲。汉武帝时，为了控制各地最有影响力的豪强，政府要求郡县中财产超过三百万的这些人家，统一拆迁。郭解的家庭财产没达到标准，可架不住他的社会势力大，得了，拆迁名单上也出现了郭解的大名。

怎么办呢？他没有采用静坐、告状、上访这些常规的技术手段，也没找负责拆迁的部门去说情，而是疏通到了汉武帝的小舅子、大将军卫青那儿。卫青跟汉武帝说：“郭解家里很穷，不符合迁移的标准，就不搬了吧？”汉武帝就纳闷了：“一个平头百姓，连你卫大将军都出面讲情，他这脸可真大。从这个角度出发，我觉得他不穷。”坏了，这么一折腾，郭解就成了皇帝重点关注的最牛钉子户。在西汉帝国一把手汉武帝的亲自“关照”下，郭解胳膊拧不过大腿，不得不搬家。

搬家事小，可是郭解这个势力强大的游侠，已经引起了皇上的猜忌。因为这个事情的连锁反应，郭解身边的人为他杀了很多人，这时汉武帝采用了御史大夫公孙弘的建议，认为有那么多人为郭解杀人，比他亲自杀人更严重，于是将郭解逮捕并全家抄斩。一个游侠，因为要做钉子户被皇上惦记，结果引来杀身之祸，也算十分悲催了。

清代有个著名的茶商，叫马合盛，这个人祖籍山西，后移居陕西，明末清初由陕西迁徙到甘肃，定居在现在甘肃的民勤县，成为当地首富。这个马合盛可了不得，他和后来的马氏家族一直都非常爱国，经常为国家捐款、运输物资什么的，慈禧太后曾金口玉牙称其为“大茶商马合盛”。马合盛十分有经商头脑，他的茶叶品质也非常优良。坊间流传着他对待钉子户的一个故事，用两个字概括，就是仗义！

说的是马合盛要开辟土地盖一座庄园，可这儿有一个酿酒的小作坊，硬是多少钱都不卖。于是，马家在南边大兴土木建庄园，酒坊在北边继续酿酒。不久，酒坊的酒让马家全买了。马家的字号遍布城乡，这些酒拉回去，分散到各字号原价售卖，不但不挣一分钱，还得赔上运输费。这边酒坊的酒一出来就实现了销售，既增加了利润，又节约了费用，雇工也显得富余了。生意红火，老板自然想到了扩大生产，提高出酒量，于是就张罗着买地扩建，在别处建起了更大的酿酒作坊，这边的小作坊就不要了，寿终正寝了。酒坊老板于是去找马家，主动要求他们买下自己的地皮，马家当然是正中下怀，一拍即合。这大概就是现在人们常说的互利互惠、双赢多赢吧。

从上面几则记载或传闻的故事中，咱们知道，古代的钉子户有时候拒不妥协，还获得了成功，有的迫于压力或者通过友好协商，最终还是搬了家、挪了地儿，其实真正能将钉子户一做到底的还是少数。在古代你要想做个扎实的钉子户，代价通常不会小。下面这两件事儿，更能代表古代钉子户的真实情况。

第一个故事是说官员做钉子户，一般会有什么样的结果，这位官员还是颇有分量的大官。据《南史·王骞传》记载，南北朝时，中书令王骞在南京钟山脚下有座非常好的大别墅。这座别墅好啊，让梁朝的开国皇帝梁武帝瞧上了，梁武帝对王骞说："真好，你这房子！背山面水，风景优美，卖给我吧，我把它拆了，能建成一座大寺院。"王骞摇头说："这是我的命根子呀，我不想卖。"梁武帝说："我又不白要你的，你要多少钱，我给你多少钱。"王骞还是摇头。梁武帝恼了："你真敢不卖吗？"王骞回了这么一句话："若敕取，所不敢言。"意思是你要是以国家的名义、皇帝的身份，非得给我拆了，那我也没什么说的了。

梁武帝很生气，真就把王骞的别墅强拆了。其实皇帝并没有让王骞吃亏，虽然拆了他的别墅，却按照市场价格给了补偿，但是王骞肯定得罪皇帝了，做了钉子户，惹恼了皇帝，于是被下放到吴兴当太守去了。王骞原来是中书令，就因为不让皇上拆迁，结果从中书令降到太守，连降了三级。

王骞是大官，能跟皇上聊天的主儿，能次得了吗？做钉子户都被降级了，换了普通老百姓会有多悲催呢？

传说乾隆元年，政府在陕西某县城修建仓库，需要拆迁二十户民居作为仓库用地，由朝廷补偿这些被拆迁的住户。

大伙儿都知道，古代跟现在不一样，现在什么东西只要是政府采购，那价格一般都会比市场价高一点。然而在古代，凡是朝廷采购的东西一般都会比市场价低一点，好给朝廷省钱。朝廷当时给这二十户居民的补偿可能太低了，拆迁户不干，拒不搬迁。负责修建仓库的官员是军人出身，心比较狠，从陕西驻军那儿调来一队人马，大白天，浩浩荡荡闯进了那二十个钉子户家里，见人就砍，见东西就砸，杀了大概七八个人，马上就顺利拆迁了。

那些侥幸没死的钉子户知道了官府的厉害，只能拿着那点钱，抬着家人的尸体，搬走了。所以说钉子户可不好当，尤其是在古代，那些幸存下来的钉子户不过是少数。

每个时代有每个时代的特殊性，面对拆迁，大伙儿的想法也各不相同。可能有些人不愿意变换风水，咱们也见过一些老照片：城中村，二层小洋楼，顶上孤零零停一辆劳斯莱斯，俯瞰着周边，显现出一种多么坚决的态度、多么无敌的寂寞！

（全书终）

郭德纲

天津人，相声演员，德云社班主。

1979年投身艺坛，先拜高庆海习评书，后随常宝丰学相声，又师从相声大师侯耀文。辗转梨园多年，涉猎京剧、评剧、河北梆子等剧种。

1996年与张文顺等创立北京相声大会，2003年更名为德云社。

郭德纲文史专场

《文史专家》
《你要高雅》
《我是文学家》

文史专家

产品经理：贺彦军　　特约印制：梁拥军

营销经理：班　欢　　策 划 人：吴　畏

图书在版编目（CIP）数据

文史专家 / 郭德纲著. -- 杭州 ：浙江文艺出版社，2020.6

ISBN 978-7-5339-6126-8

Ⅰ．①文… Ⅱ．①郭… Ⅲ．①杂文集－中国－当代 Ⅳ．①I267.1

中国版本图书馆CIP数据核字（2020）第094075号

文史专家
郭德纲 著

责任编辑 金荣良

出版发行 浙江文艺出版社
地　　址 杭州市体育场路347号　　邮编 310006
网　　址 www.zjwycbs.cn
经　　销 浙江省新华书店集团有限公司
　　　　 果麦文化传媒股份有限公司
印　　刷 河北鹏润印刷有限公司
开　　本 880毫米×1230毫米　1/32
字　　数 88千字
印　　张 5.25
印　　数 1—40,000
版　　次 2020年6月第1版
印　　次 2020年6月第1次印刷
书　　号 ISBN 978-7-5339-6126-8
定　　价 39.80元